KB274879

안철수 현상과 제3정당론

안철수 현상과 제3정당론
황경수 지음

초판 인쇄 | 2012년 01월 10일
초판 발행 | 2012년 01월 15일

지은이 | 황경수
펴낸이 | 신현운
펴낸곳 | 연인M&B
기 획 | 여인화
디자인 | 이수영 이희정
마케팅 | 박재수 박한동
등 록 | 2000년 3월 7일 제2-3037호
주 소 | 143-874 서울특별시 광진구 자양로 56(자양동 680-25) 2층
전 화 | (02)455-3987 팩스 | (02)3437-5975
홈주소 | www.yeoninmb.co.kr
이메일 | yeonin7@hanmail.net

값 10,000원

ⓒ 황경수 2012 Printed in Korea

ISBN 978-89-6253-110-7 03810

이 책은 연인M&B가 저작권자와의 계약에 따라 발행한 것이므로 본사의 허락 없이는
어떠한 형태나 수단으로도 이 책의 내용을 이용하지 못합니다.
　잘못된 책은 바꾸어 드립니다.

제3공간의 시대와 한국 정치론 - 안철수 현상에 대한 새로운 분석론

안철수 현상과 제3정당론

황경수 지음

국민은 1명의 안철수가 아니라 5천만 명의 안철수를 원한다

안철수 현상의 핵심은 새로운 정치, 새로운 정당, 새로운 민주주의를 요구하고 있다는 사실이다. 이게 안철수 현상의 본질이고, 결론이다. 이 같은 국민들의 요구와 시대정신이 안철수라는 좋은 리더와 만나면서 안철수 신드롬이 폭발하게 된 것이다.

연인M&B

안철수 신드롬에 내가 흥분한 이유

지금까지 살아오면서 나에게는 두 번의 도전이 있었고, 두 번의 실패가 있었다. 첫 번째 도전은 지역 운동을 통해 '지역에서 중앙으로' 개혁을 성공시켜 가는 지역 중심의 개혁 모델을 꿈꿔 왔다. 하지만, 지역 권력조차 성공하지 못하고 실패했다. 이것이 첫 번째 실패한 나의 이상이었고 도전이었다.

두 번째 도전과 실패는 국민참여당을 통한 참여 민주주의를 실현하겠다는 이상과 도전이 있었다. 국민참여당 창당 준비를 위한 창당 발제자의 한 명으로, 국민참여당 당명 제안자의 한 명으로 참여 민주주의 실현이라는 시대정신을 담아 창당에 참여했지만 이 또한 실패하고 말았다. 이것이 나의 두 번째 실패한 이상이었고 도전이었다.

이 두 번의 실패 기간 동안 나를 아는 많은 사람들은 나에게 항상 말한다. 이상과 현실은 다르다고 말한다. 하지만, 난 그 말에 동의하지 않는다. 내가 독선적인 성격이기 때문이 아니라 이상을 꿈꾸지 않고는 현실을 바꿀 수 없다는 게 나의 정치적 신념이며, 도전을 하지 않고는 현실을 바꿀 수 없다는 게 나의 정치적 소신이기 때문이다.

또 그렇게 얼마간을 실패한 이상주의자로 살아가고 있었다. 그런데 어느 날 안철수 교수가 서울시장에 출마한다는 뉴스를 보고 나는 흥분했다. 그래서 아고라에 글을 올렸다.

내가 안철수 교수의 출마 뉴스에 흥분하는 두 가지 이유
[462] 패러다임 (kunsa****) 조회 39614 11.09.02 15:11

최근 서울시장 보궐선거를 앞두고 정국이 급격하게 요동치고 있다. 요동치고 있는 정국의 핵심 키워드는 바로 안철수 교수의 출마 뉴스다.

그런데 안철수 교수의 출마만으로 정국이 요동치고 있는 것이 아니다. 한나라당도, 민주당도 아닌 무소속으로 출마할 것이라는 사실 때문이다. 바로 이 사실이 나를 흥분시키는 첫 번째 이유이다.

안철수 교수의 무소속 전략은 자신의 정치적 유불리함 때문에 선택한 것이 아니다. 기득권에 안주하고 있는 구태한 정당들의 행태에 분노하고 있는 민심을 선택한 것이다.

이는 진보와 보수로 나뉘어서 아직도 낡은 이념 논쟁에 빠져들고 있는 낡은 정치권에 대한 부정이며, 안철수 교수의 평소 주장처럼 '진보와 보수의 시대가 아닌 상식과 비상식의 시대'로 가자는 새로운 가치의 선택이기도 하다.

이런 안철수 교수의 출마는 당락을 떠나 그 자체만으로도 낡고 부패한 정치권에 염증나 있던 유권자들을 다시 투표장

과 정치 개혁에 참여시킬 수 있는 전환점이 될 것이라는 점
에서 내가 두 번째로 흥분하는 이유이다.

민심은 정권 교체를 열렬히 바라고 있지만 정권 교체를 바
라는 그 염원만큼 기득권에 안주하고 있는 야권의 무능함에
대해서도 분노하고 있다.

나는 안철수 개인의 승리가 아니라, 시대정신의 승리, 민심
의 승리를 보고 싶다.

아고라에 올린 이 글은 곧바로 아고라 메인 페이지에
걸렸고, 제법 많은 네티즌들이 공감을 표했다. 예상했
던 대로 안철수 신드롬은 서울시장 양보라는 각본 없는
드라마를 연출하면서 정치권 전체를 강타했다.

안철수 교수의 양보로 야권 후보가 된 박원순 후보는
서울시장 선거에서 승리하게 되었고, 안철수 신드롬은
더욱더 확산되고 있다. 하지만, 누군가는 안철수 신드
롬을 거품이라고 말하고, 누군가는 안철수 교수가 현실
정치와 타협하게 될 것이라고 말한다.

이 같은 지적이 맞을 수도 있지만 나는 다시 한 번 세 번째 꿈을 꾸어 본다. 참여 민주주의를 실현할 또 다른 도전의 기회가 도래했다고 생각한다. 나 혼자 꿈꾸는 세상이 아니라 이제 세상의 주류가 될 수 있는 국민들과 함께 이 꿈을 실현하고 싶다.

진심으로 안철수의 승리가 아닌 시대정신의 승리, 참여 민주주의의 승리가 되었으면 하는 절실한 바램 하나만으로 이 꿈을 다시 시작하고자 한다.

끝으로 여러 가지 어려운 여건 속에서도 책의 발행을 결심해 주신 연인M&B 신현운 대표님께 깊은 감사의 말씀을 전하고 싶다. 또한, 지금까지 이해해 주고 고생해 온 아내에게 감사의 마음을 전하며, 늘 나를 믿어 주고 함께해 온 지우 이상균, 후배 문지용에게 고맙다는 말을 전한다.

2011년 세모(歲暮)에
새날을 꿈꾸며
저자

Contents

| 프롤로그 |

004 _ 안철수 신드롬에 내가 흥분한 이유

 제1부

정당정치의 위기
—이제 위임해 준 권력을 돌려 달라

014 _ 정치인만 모르는 정당정치의 위기

020 _ 인물 교체와 수혈론도 한계에 직면하다

024 _ 여론조사에서 표출되는 정당정치의 위기

031 _ 나꼼수는 탈정당정치의 새로운 모델

037 _ 대의제 민주주의의 근본적인 한계

047 _ 정당정치를 옹호하는 정치학자들의 오류

052 _ 2008년 촛불은 성공한 참여 민주주의 혁명

062 _ 사이버 문화와 참여 마케팅의 확산

Contents

제2부

제3공간의 정치론
―안철수 현상에 대한 새로운 분석론

074 _ 왜 공간론인가?

079 _ 제3공간론은 무엇인가?

087 _ 지금도 진화되고 있는 제3공간론

090 _ 제3공간의 시대와 한국

100 _ 제3공간의 정치 시대가 열리다

104 _ 제3공간 시대의 리더십

제3부

제3정당론

―국민은 5천만 명의 안철수를 원한다

110 _ 현 시대 민심을 읽는다

122 _ 현 시기 정세에 대한 분석

137 _ 왜 제3정당이 필요한가?

146 _ 외국 사례를 통해서 본 제3정당의 가능성

155 _ 제3정당은 이렇게 만들어져야 한다

170 _ 제3정당론과 안철수의 선택

| 에필로그 |

177 _ 이제 희망의 길을 찾는다

| 부록 |

184 _ 안철수 교수 정치 참여 관련 발언록

정당정치의 위기

—이제 위임해 준 권력을 돌려 달라

정치인만 모르는
정당정치의 위기

국민도 당원도 안중에 없는 막가파 정당정치

얼마 전, 스스로 진보 정당이라고 자처해 왔을 뿐만 아니라 당명마저 진보신당이였던 그곳에서는 있어서는 안 될 일이 일어나고 있었다.

지난 9월 4일 진보신당 당대회에서 진보 대통합 합의문이 부결되고 난 후 탈당한 노회찬, 심상정 전 대표를 이어 조승수 의원도 탈당하면서 진보신당은 초라한 원외 정당이 됐다. 이 과정에서 조승수 전 진보신당 대표는 당대회 투표 직전에 진보신당의 깃발이 남아 있는 한 이 당에 마지막까지 남아 있을 것이라고 말했다. 하지만, 부결된 직후 얼마 지나지 않아 조승수 대표는 자신이 약속한 말을 지키지 않고 탈당하고 만다.

그런데 웃기지도 않는 더 코미디 같은 일들이 벌어진다. 국민참여당과는 탈당한 이들은 통합연대라는 정파를 만들어서 최근에는 민노당, 국민참여당과의 통합 추진에 합의한다. 불과 몇 달 전 국민참여당은 새로운 진보 정당의 참여 대상이 될 수 없다고 말했던 이들이 아무런 해명도, 변명도 없이 국민참여당과의 합당을 결의한다.

이 과정에서 진보신당 탈당파들은 자신들의 정치적 생존과 기득권 말고는 남아 있는 진보신당 당원들은 물론이고 국민들마저 철저하게 무시하고 있다. 자신들이 말하는 대의를 위해서는 당내 민주주의 정도는 무참히 짓밟아도 되는 아무것도 아닌 일인 것처럼 보인다. 더 역사를 거슬러 가면 지금 진보신당에 남아 있는 당원들은 자신들이 민노당을 탈당할 때 따라왔던 당원들도 있다.

진보신당 탈당파들의 정치적 행위가 정당법상 아무런 문제가 없다고는 하지만 남아 있는 진보신당 당원들이 볼 때는 최소한 이들의 가슴속에 민주주의는 죽었다고 생각하고 있을 것이다.

하물며, 진보 정당이라고 자처하는 이들이 이러한데 자유주의 성향의 민주당은 어떤가? 민주당의 역사는 한마디로 말하면 이합집산의 정당이라고 말해도 과언이 아닐 것이다. 탈당하고, 합당하고, 다시 통합하고 또다시 탈당하고 합당한다. 당명이 얼마나 많이 바뀌었는지조차 셀 수가 없을 정도로 많다.

결국 정계 은퇴를 하고만 김한길 전 의원이 주도했던 중도개혁통합신당 사례는 대한민국 정당이 얼마나 가치와 노선도 없이 정치공학만으로 모였다가, 헤어지기를 반복하고 있는가를 잘 알 수 있는 대표적인 사례라 할 수 있다.

지난 2007년 대통령 선거를 앞두고 20여 명의 열린우리당 출신 국회의원들은 김한길 전 의원의 주도 아래

열린우리당을 탈당한 후 중도개혁통합신당을 시작으로 6개월간 당명을 4차례나 바뀐 사례가 있다. 철새 정치인이 아니라 철새 정당이라는 이름도 탄생하였다. 이때 김한길 의원과 함께했던 일부 의원들은 아직도 민주당에서 현역 국회의원으로 잘 나가고 있다.

탈당과 합당, 그리고 분열과 통합의 과정이 난무하다 보니 다른 한편으론 정당의 이합집산이 당연한 정치행위로 이해되는 착시현상마저 나타나고 있다. 이렇게 원칙 없이 선거 때만 되면 이합집산하는 야당의 재편 과정을 지켜보는 국민의 시선은 별로 중요하게 생각하지 않는 것 같다.

오로지 자신들의 기득권만 지켜 줄 수 있다면 언제든지 당을 합치고, 분열하는 건 식은 죽 먹기처럼 쉬운 게 대한민국 야당이 지금까지 국민들에게 보여 준 정치 행태 중의 하나라는 생각이다.

보수주의를 표방하는 한나라당은 날치기 정당의 역사를 갖고 있다. 이명박 정권이 들어선 후 3년째 예산안을 날치기하였을 뿐만 아니라 지난 2009년에는 미디어법도 날치기 통과시켰다. 날치기 통과 과정에서 보여준 의원들 간의 폭력 사태는 의회정치의 몰락을 스스로 자초하기도 하였다.

한나라당의 전신인 신한국당 시절에도 날치기 통과로 여야가 심각하게 대치했던 사례도 있다. 지난 1996년 성탄절 휴일 바로 다음 날 새벽 5시경, 신한국당 154명의 국회의원들이 여의도 국회의사당에 모였다. 야당 의원은 단 1명도 참석하지 않은 가운데 본회의가 개의됐다. 그리고 노동법과 안기부법을 포함한 11개 법안이 단 7분 만에 처리됐다.

대화와 타협, 그리고 조율과 협의라는 대의민주주의의 기본 정신마저 훼손하는 날치기 정치는 다수파의 정치적 폭력일 뿐만 아니라 의회정치의 이념적 기반인 대의민주주의에 대한 부정이기도 하다. 이와 같은 날치기 정당의 역사는 국민이 정치를 혐오하고, 불신하는데 가장 큰 기폭제 역할을 한 것으로 평가받고 있다.

이처럼 여야를 막론하고 국민과 당원보다는 자신들의
당리당략과 정치적 기득권을 지키기 위해서는 무슨 일
이든지 서슴지 않고 행하고 있는 대한민국 정당정치의
행태가 지금의 위기를 스스로 자초한 것이라 할 것이다.

인물 교체와 수혈론도
한계에 직면하다

정치적 중요한 국면과 시기마다 정당정치는 위기를 맞지만 이들은 자신들에게 닥친 위기 상황들을 매우 쉽게 헤쳐 나간다. 이렇게 쉽게 정당정치의 위기를 극복해 갈 수 있었던 해법은 바로 새로운 인물의 수혈론이었다.

선거 때마다 각 정당들은 이른바 '물갈이론'을 내세워 정당정치에 대한 불신과 불만을 잠재웠던 것이다. 실제 4년마다 선거가 치뤄지는 국회의원 총선거 결과를 보면 평균적으로 50% 안팎의 현역 의원 물갈이가 된 것으로 나타났다.

지난 2004년에 치뤄진 17대 국회에서는 탄핵 바람으로 인해 현역 의원 출신 29.7%만 국회 재진입에 성공했고, 나머지 70%는 물갈이됐다. 지난 2008년에 치뤄진 18대 국회의원 선거에서는 299명 중 46.2%인 138명이 원내 재진입에 성공했고, 나머지 53.8%가 물갈이가 됐다.

영남이 텃밭인 한나라당은 영남권 물갈이 폭이 가장 컸고, 호남이 텃밭인 민주당은 호남권 물갈이 폭이 가장 컸다. 지난 2000년 16대 총선 공천은 한나라당 이회창 총재의 '공천 학살'로 불릴 만큼 쟁쟁한 거물이 대거 탈락하기도 했다. 김윤환 의원 등 30여 명이 물갈이 됐고, 영남에서는 현역 의원 58명 중 14명이 탈락했다.

이처럼 선거가 아니라 공천 과정에서 아예 현역 의원을 탈락시키고, 신진 인사를 수혈시켜 정당정치에 대한 불만을 극복해 나간 것이다. 새로운 인사의 수혈론은 여야 할 것 없이 서로가 활용했던 유일한 위기 극복 방안이기도 했다.

이렇게 물갈이를 통해 인물을 바꾸고, 새로운 인물을

수혈시키지만 정당과 국회에 대한 국민들의 불신은 전혀 바뀌지지 않고 있다. 최근에는 이런 물갈이를 통한 인물 수혈론도 한계에 다다른 조짐마저 보인다.

지난 10월에 치뤄진 서울시장 야권 후보 경선에서 승리한 박원순 후보는 민주당에 참여하지 않고 결국 무소속으로 서울시장 선거를 치뤘다. 무소속을 도울 수밖에 없었던 민주당으로선 제1야당의 체면을 구기는 선을 넘어선 치욕 그 자체였다.

대선 후보의 경우는 상황이 더욱 심각하다. 야권 후보 중에 1위를 하고 있는 안철수 교수는 현재 정당 소속이 아니다. 특히 안철수 교수의 경우에는 선거에 출마할 경우 민주당에 입당할 생각이 별로 없어 보인다.

야권보다는 인물난을 겪지 않는 편이지만 여권도 2040세대를 대변할 신진 인사를 영입하는데 어려움을 겪고 있는 것으로 언론에 알려지고 있다. 특히, 지난 서울시장 재보궐 선거 결과에서 보여 준 2040세대의 지지율 격차는 상상했던 것보다 훨씬 크다는 점에서도 인물론만으로 한나라당에 대한 불신을 잠재우기는 쉽지 많은 않을 것으로 예상된다.

최근 여론조사 결과를 보면 아직 존재하지도 않는 안철수 신당에 대한 지지율이 여야의 정당보다 더 높다는 사실은 기존 정당들이 반복해서 추진해 온 수혈론의 한계를 명확하게 드러내고 있다는 민심의 구체적인 증거이기도 하다.

아무리 인물을 바꿔도 바꿔도 제자리걸음인 정당정치가 이제 진짜 위기를 맞고 있는 것이다.

여론조사에서 표출되는
정당정치의 위기

한국 사회에서 국민들이 얼마나 정당정치에 대하여 깊은 불신과 불만을 갖고 있는지에 대하여 모르고 있는 집단이 있다면 아마 그건 직업 정치인들일 것이다.

이처럼 정당정치에 대한 국민들의 불신은 여론조사에서도 극명하게 나타나고 있어 그 심각성을 더해 주고 있다.

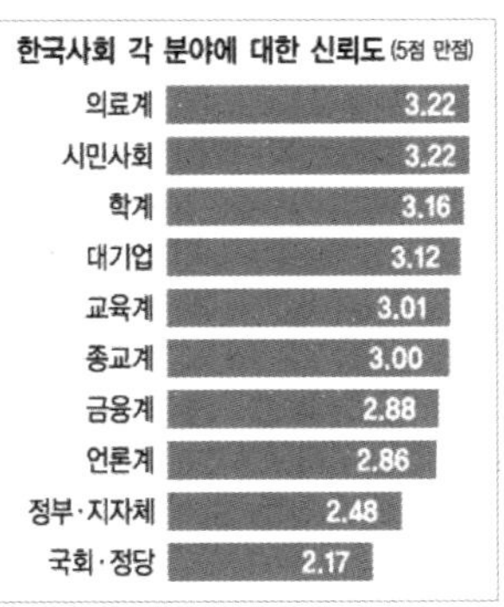

조계종 불교사회연구소 조사
(경향신문 2011. 11. 1)

조계종 불교사회연구소가 지난 2011년 9월 26일부터 10월 15일까지 전국 16~69세 남녀 1,512명을 대상으로 '한국의 사회문화 및 종교에 관한 대국민 여론조사'를 실시한 결과 5점 만점에 국회·정당이 2.17로, 의료계(3.22), 시민사회(3.22), 학계(3.16), 대기업(3.12), 교육계(3.01)보다 낮았다.

이처럼 정당의 신뢰도가 대기업보다 낮다는 건 얼마나 국민들로부터 신뢰를 받고 있지 못하는가를 단적으로 알 수 있는 최근의 조사 결과라 할 수 있다.

또한, 한국개발연구원(KDI)이 지난 2006년 12월 내놓은 '사회적 자본 실태 종합조사' 보고서에 따르면 이처럼 정당과 국회를 포함한 대의기관에 대한 국민의 신뢰도가 바닥에 떨어진 것으로 드러났다.

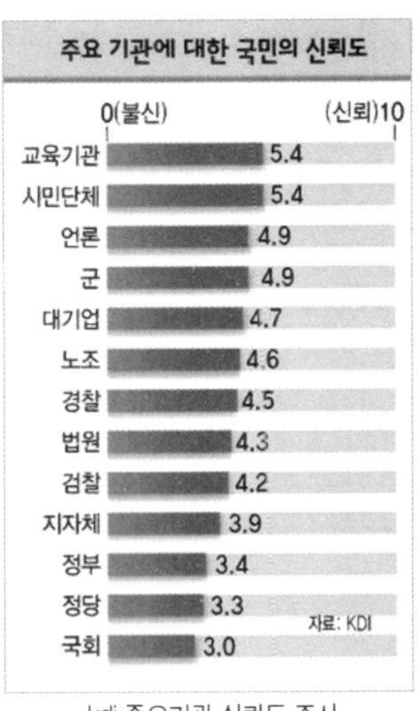

kdi 주요기관 신뢰도 조사
(한겨레신문 2006. 12. 26)

조사 결과 교육기관과 시민단체가 각각 5.4점, 언론과 군대도 각각 4.9점을 얻었으며 이어 대기업 4.7점, 노동조합 4.6점, 경찰 4.5점, 법원 4.3점, 검찰 4.2점 등의 순이었다.

그러나 정당(3.3점), 국회(3.0점)에 대한 신뢰도는 3점을 겨우 넘는 데 그쳐 모르는 사람을 처음 만났을 때의 신뢰도(4.0점)보다 낮은 것으로 나타났다.

정부 산하 연구원의 조사 결과라는 점에서 공신력이 더할 뿐만 아니라 이번 조사에서도 대기업보다 낮은 신뢰도를 얻고 있어 정당에 대한 국민들의 불신이 얼마나 뿌리 깊은가를 잘 알 수 있다.

지난 2009년 국제투명성기구에서 발표한 신뢰도 조사에서도 정당의 신뢰도는 최악이었다. 정당은 100점 만점에 17.5점으로 최하위를 기록하며 국민의 외면을 받았고 이어 의회와 기업, 공무원 등이 뒤를 따랐다.

가장 부패한 집단의 불명예도 정당이 차지했다. 정당

은 38%, 의회는 34%의 압도적 지지를 받으며 불명예를 안았고 공무원과 기업, 사법기관도 국민들의 신뢰를 얻지 못했다.

이 조사에서는 정당에 대한 신뢰도가 문제가 아니라 불신의 강도가 얼마나 큰지를 잘 알 수 있는 조사 결과라 할 수 있다. 국민들은 근본적으로 정당이나 국회에 대하여 신뢰하지 않고 있다는 점을 확인해 주고 있으며, 이는 곧 정당정치의 위기가 우리 사회에 전면화되어 있음을 입증해 주고 있는 조사 결과다.

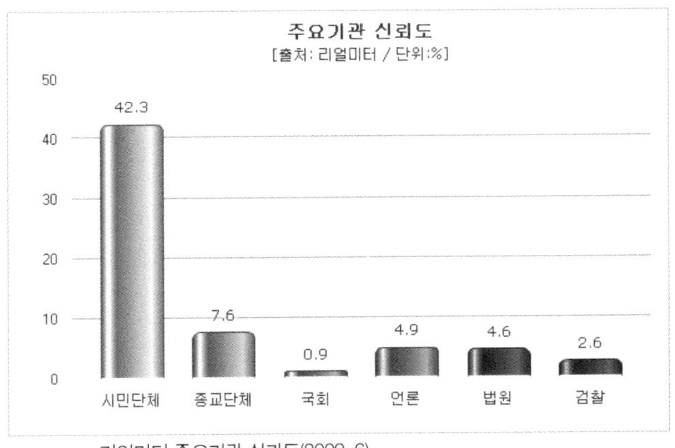

리얼미터 주요기관 신뢰도(2009. 6)

더 충격적인 조사 결과도 있다. 지난 2009년 6월 여론조사기관 리얼미터가 휴대전화 방식으로 실시한 기관에 대한 신뢰도를 조사한 결과, 응답자 10명 중 4명꼴인 42.3%가 '시민단체'를 가장 신뢰하는 기관으로 꼽았으며 국회는 0.9%로 최하위를 기록했다.

리얼미터 조사 결과에는 정당이 빠져 있지만 정당정치의 핵심이 의회라는 점에서 국회에 대한 불신은 사실상 정당정치에 대한 불신으로 직결되는 것이나 마찬가지라는 점에서 매우 심각한 조사 결과라고 볼 수 있다.

이 같은 정당정치에 대한 국민들의 뿌리 깊은 불신은 한국뿐만 아니라 선진국도 마찬가지라는 점에서 시사하는 바가 매우 크다. 지난 2010년 11월 부산대 김용철 교수(한국반부패정책학회장)팀이 2008년 '세계가치관 조사(World Value Survey)' 자료를 토대로 한·미·일 3개국의 의회·정당·중앙정부에 대한 자국민의 신뢰도를 분석한 결과 정당에 대한 국민 불신이 매우 높았다.

미국이 84.7%, 일본 81.7% 그리고 우리나라가 75.8%로 미국→일본→한국의 순서로 정당에 대한 불신이 높았으며, 전혀 신뢰하지 않는다는 극단적 불신층의 비율 면에서는 한국이 26.4%로 가장 높고 다음이 일본이 25.2%, 미국이 15.9%로 나타났다.

정당정치의 위기는 한국뿐만 아니라 전 세계적으로 나타나고 있는 일반적 현상으로 볼 수 있다는 점에서 한국에서 벌어지고 있는 탈정당화 현상과 위기의 극복 과정은 앞으로 민주주의의 새로운 대안으로 제시될 가능성이 높다.

이 같은 정당정치의 위기에 대하여 전문가들은 첫째, 현안 문제 해결 능력에 대한 역량 부족, 둘째 당리당략만을 위해 이합집산하는 불안정성, 셋째 국민과의 소통 부족 등을 내세우고 있지만 이 같은 분석이 현상에 대한 분석으론 맞을 수 있지만 문제의 근원적인 본질을 밝히지는 못하고 있다.

국민의 0.9%만이 신뢰하는 국회와 정당이 국가를 운

영하고 책임지고 있다는 사실만으로도 정당정치의 위기는 이미 임계점을 넘어선 상태라고 볼 수 있다. 수많은 여론조사의 결과에서 알 수 있듯이 지속적으로 국민들이 정당정치를 향해 레드카드를 보여 주었지만 정당은 이를 무시하거나 거부해 왔다.

정당정치의 위기는 그런 점에서 스스로 위기를 자초한 것이며, 이젠 국민의 신뢰를 회복하기엔 돌이킬 수 없는 상황에 이르게 된 것이다. 더더욱 중요한 사실은 정당정치가 국민의 신뢰를 얻기 위해 진심으로 노력하지 않는다는 사실이다. 지금의 위기는 언제나 그랬듯이 지나가는 소나기 정도로 치부하고 있기 때문이다. 정당정치 위기를 진짜 모르고 있는 대한민국 정치인들의 현주소가 바로 진짜 정당정치의 위기라는 사실을 역설적으로 증명해 주고 있다.

나꼼수는 탈정당정치의
새로운 모델

80대 할머니마저 열광시킨 나꼼수 인기

'나는 꼼수다' (이하 나꼼수)가 얼마나 인기가 많은지 잘 알 수 있는 실제 있었던 재미있는 에피소드를 얼마 전 친한 선배님에게서 들었다. 전남 보성에서 살고 계신다는 80대 할머니께서는 매주마다 나꼼수를 들으러 서울 아들 집에 가신다는 것이다.

할머니 집에 컴퓨터가 없을 뿐만 아니라 나꼼수를 들을 수 있는 다른 방법을 전혀 모르시기 때문에 일주일에 한 번씩 서울 아들 집에 가서 나꼼수를 들으셨다는 것이다. 최근에는 서울 아들 집에 가지 않으시고 나꼼수를 들으신다고 한다. 할머니 자제분이 할머니 집에 컴퓨터를 설치해 드렸기 때문이다.

정말 믿기지 않는 이 이야기가 특별한 에피소드이긴 하지만 나꼼수의 열풍이 어느 정도 뜨겁고 강렬한지 체감할 정도이다. 최근에 대전에서 개최된 나꼼수 콘서트는 경찰 추산 5천 명, 주최 측 추산 3만 명이 추운 겨울 날씨를 뚫고 참여했다고 한다. 나꼼수 출연자를 보는 것만으로도 만족한다는 참가자의 멘트가 이젠 나꼼수가 웬만한 아이돌 그룹보다 인기가 더 좋은 것 같다는 생각마저 들게 한다.

여기에 더해 최근에는 나꼼수의 경제판 '나는 꼽사리다'가 첫선을 보이면서 포털 검색어 상위권에 오르내리며 폭발적인 인기를 누리고 있다. 나는 꼽사리다는 방송인 김미화 씨가 진행을 맡고 '88만원 세대'의 저자 우석훈 2.1연구소장, 선대인 선대인경제전략연구소장, 그리고 '나꼼수'의 편집자인 김용민 시사평론가가 출연해 경제 분야의 문제점을 토론하는 토크쇼이다.

얼마 전엔 나꼼수의 열풍이 해외 언론에 소개가 되기도 했다. 미국 유력지 뉴욕타임스(NYT)의 해외판인 인터내셔널 헤럴드 트리뷴(IHT)이 한국의 인기 인터넷 방송 '나는 꼼수다'를 1면 톱기사에 싣기도 하였다. 나꼼수의 인기는 출판계로도 번져 나꼼수 출연진들이 출판한 책들이 대부분 베스트셀러 상위권에 올랐다.

더 재미있는 사실은 나꼼수를 듣는 젊은 층들의 반응이다. 이들은 나꼼수에서 말하고 있는 내용을 충분하게 이해하지 못하지만 재밌게 듣고 있다고 말한다. 처음 들을 때는 나꼼수 출연자들이 말하는 내용이나, 용어 등을 30%도 이해하지 못했지만 계속 들으면서 이젠 80% 이상 알아들을 수 있게 돼 더 재미있어졌다는 네티즌의 반응도 있다.

이 같은 나꼼수의 폭발적인 인기는 나꼼수를 즐기며, 소통하고 있는 젊은 세대들과 만나면서 이젠 우리 사회 전반에 나꼼수 신드롬을 일으키고 있다.

나꼼수는 정당정치의 종말을 알리는 예고편

이렇게 선풍적인 인기를 얻고 있는 인터넷 라디오 방송 '나는 꼼수다'는 현상적으론 닫힌 언론에 대한 반발감이 가장 큰 것으로 볼 수 있으나 본질적으론 탈정당화의 현상으로 보는 것이 맞다.

그 이유 중의 하나는 나꼼수의 주요 소비층이 정당정치에 무관심한 무당파층이라는 점이다. 지난 10월 18일 여론조사 전문업체 리얼미터는 전국 19세 이상 남녀 750명을 대상으로 나꼼수 청취 경험을 조사한 결과 10명 가운데 6명꼴로 나꼼수를 들어봤다(15.4%)거나 뉴스를 통해 알고 있다(44.0%)고 응답했다. 세대별로는 20~30대(36.7%), 그리고 이념 성향별로는 진보·중도층(41.6%)이 많이 듣는다고 밝혔다.

정치에 무관심한 이들이 나꼼수를 통해 '재미와 만족'을 동시에 해소하면서 정치에 대한 관심과 참여로 이어지고 있는 것이다. 이들은 야권이 해야 할 정치적 역할을 나꼼수를 통해 만족하고 있고, 이를 인터넷 커뮤니티나 SNS를 통해 공론화시키고 있다.

　다시 말해, 나꼼수와 나꼼수를 소비하는 무당파층이 공론의 장을 만들고, 이 공론의 장을 다시 언론이 받아 재확산되고 있는 것이다. 최근에는 나꼼수의 1회 방송 공식 다운로드수가 600만 건에 달하고, 다른 곳에서의 다운로드까지 합하면 1천만 건이 넘을 것이라고 한다. 이미 나꼼수가 기존 언론을 압도하고 있다는 점에서 나꼼수 돌풍의 본질을 잘 파악해야 할 것이다.

　두 번째는, 지난 서울시장 재보궐 선거에서 야권의 실질적인 지도부는 민주당이 아닌 나꼼수였다는 사실이다. 나꼼수 출연진들의 연이은 폭로와 문제 제기를 통해 기울어져 가던 선거 판세를 승리로 이끄는 데 큰 역할을 했다는 게 주지의 사실이다.

　도올 김용옥 석좌교수의 경우도 마찬가지다. EBS 강의가 이유 없이 중단되고, 퇴출되기 직전 나꼼수는 김용옥 교수를 나꼼수에 초대해 발언의 기회를 주었고, 방송 직후 국민적인 비난 여론이 커지자 EBS 측이 굴복하고 다시 방송을 진행하게 되었다.

이 과정에서 야권과 정당은 존재하지 않았다. 부당하게 방송을 중단하게 된 노학자의 억울함을 야권이 아닌 나꼼수가 들어주고, 이를 국민들의 힘으로 다시 회복시키는 과정에서 정당정치는 처음부터 존재하지 않았다.

이처럼 나꼼수의 화려한 등장은 정당정치의 종말을 예고하는 또 다른 중요한 증거이자 중요한 사례로 우리에게 제시되고 있다. 앞으로도 국민들은 제2의 나꼼수, 제3의 나꼼수를 통해 정당이 아닌 다른 형태의 참여 정치를 시도하고, 도전해 갈 것으로 보인다.

대의제 민주주의의
근본적인 한계

정당정치의 위기는 단지 정치 지도자나 엘리트 정치인들의 잘못에도 기인하지만 과학기술과 사회의 변화, 그리고 국민들의 지식수준의 변화를 반영하지 못하는 구조적인 제도의 한계를 드러내고 있다는 점에서도 대의민주주의에 대한 근본적인 한계에 대해서 짚어 볼 필요가 있다.

영국의 인민들은 스스로를 자유롭다고 생각하지만, 그것은 큰 착각이다. 그들이 자유로운 것은 오직 의회의 의원을 선거하는 기간뿐이다. 선거가 끝나는 순간부터 그들은 다시 노예가 되어 버리고, 아무런 가치도 없는 존재가 되어 버리는 것이다.

이 글은 대의제 민주주의의 본질을 통렬하게 비판한 루소의 주장이다. 지금 들어도 대의민주주의의 본질을 꿰뚫은 정답을 말한 것 같다.

이처럼 대의제 민주주의의 한계와 문제점을 말하기 이전에 대의민주주의 태생 자체가 철저하게 의회권력의 기득권을 옹호하기 위해 탄생되었다는 주장에 대해서 귀담아듣고자 한다. 소준섭 박사가 프레시안에 기고한 글 '대의민주주의는 과연 민주주의적인가?'의 일부 내용을 인용해 소개하고자 한다.

대의제도는 영국과 프랑스에서 형성되어 발전하였다. 영국에서 대의제도는 17세기에 형성되었는데, 당시 대의기관은 곧 의회를 말하고 있었다. 의회, 즉 'Parliament' 라는 말은 '의논하다' 는 행위를 뜻하였으며, 이는 당시 영국에서 '대자문회의(大諮問會議)' 에서의 귀족들의 논의를 의미하였다.

그러나 이 의회는 군주제 하에서 일종의 자문기관에 불과하였고, 군주에 의하여 좌지우지되어 그 선출과 소집은 철저하게 군주의 의사로 결정되었다.

그 뒤 명예혁명과 함께 의회의 발전이 이루어져 소위 의회과두제가 형성되었는데, 당시 의원 1/3 이상이 귀족이거나 이에 준하는 계층이었고, 과거 의원을 배출한 가문에서 나온 의원이 압도적 다수로서 의회는 사실상 상류층의 클럽이었다.

선거권도 일정한 재력을 지닌 남성으로 한정되었고, 귀족과 부호들은 재력으로 그들을 매수하고 사회적인 힘을 행사하여 위협으로 획득한 의원직은 금권 정치의 경향을 띠게 하였다. 이는 당시의 의회가 국민의 대의기관으로 기능하기보다 귀족과 부호들의 금권정치를 유지시키는 데 이바지했다는 사실을 보여 준다.

결론적으로 영국 대의제도는 17~18세기에 '군주주권' 만이 아니라 국민이 주권을 갖는 '국민주권론' 에 대해서도 투쟁적 이데올로기로서의 성격을 지니면서 결국 '의회주권론' 으로 귀착되었다.

이처럼 대의민주주의의 발생부터가 철저하게 의회권력의 유지와 옹호를 위해 발전해 왔다는 주장이 설득력을 갖고 있는 것 같다. 왜냐하면 현대사회에서도 의회와 정당이 소수의 엘리트 정치권력의 전유물로 전락되었다는 사실에서도 잘 알 수 있다. 이는 실제 엘리트 민주주의론을 주장해 온 슘페터에 의해 대의민주주의가 완성되어 갔다는 점에서도 이론적 뒷받침을 분명하게 해 주고 있다.

슘페터는 "시민들이란 직접적으로 또는 경제적으로 그러한 이슈에 관련되었거나 영향을 미칠 수 있는 사람들을 제외하고는 정치적 이슈에 무지하거나 흥미가 없다."고 말하며 엘리트에 의한 결정만이 효율적이고 민주적이라는 결론을 내린다.

이 같은 슘페터의 민주주의론은 철저하게 소수 엘리트 중심의 대의민주주의를 발전시키는 주요한 사상적 기초가 되었으며 아직까지도 대의민주주의제를 기반으로 하는 정당정치 또한 슘페터의 엘리트 정치론의 한계를 벗어나지 못하고 있는 것이다.

현대사회에서 제기되고 있는 일반론적인 대의민주주의의 한계에 대하여 윤종빈 교수는 세 가지로 요약하고 있다.

첫째, 대표자에 의한 '대표성의 부족'이다. 대표자들이 선출직이건 아니건 국민들을 위해 봉사하는 것이 아니라 자신들의 사적 이해관계 추구에 몰두하고 있다는 지적이다. 따라서 국민들은 자신들이 이들에 의해 보호받고 있다는 느낌을 가지지 못하고 정치로부터 소외감을 느껴 정치적 소수자라는 주관적인 판단을 갖게 된다. 결과적으로 정부와 의회에 대해 부정적인 태도를 가지게 되고 이는 참여의 거부로 연결된다.

둘째, 시민의 '참여의 부족'이다. 대표자를 선출한 이후에 일반 국민들의 관심과 참여가 있어야만 권력의 이양이 제대로 이루어지는 것이다. 그러나 현실적으로 대표성의 부족으로 국민들이 참여 동기를 부여받지 못하기에 자발적인 참여가 나타나지 않는다.

이는 또한 제도적으로 일반 국민들의 참여 기회가 충

분히 보장되어 있지 못하기 때문이기도 하다.

설사 참여의 기회를 가진 국민들도 참여에 따르는 효능감이 크지 않기 때문에 재참여를 포기하게 된다. 일반 시민의 참여 부족의 가장 심각한 결과는 최근의 투표 참여율 저하이다. 비록 투표율 저하가 선진 민주주의 국가의 일반적인 현상이기는 하지만 우리나라에서 나타나는 낮은 투표율은 대의민주주의의 심각성을 일깨워 주기에 충분하다.

지난 18대 국회의원 선거의 46.1%에 불과한 투표율은 절반에 이르지 못하는 유권자의 목소리가 전체 국민을 대표하는 신뢰성이 있는지에 대한 의문이 제기되고 한국 민주주의의 위기라는 평가를 초래한다. 달라지지 않는 우리 정치의 모습으로 인해 유권자가 투표장에서 발길을 돌리는 모습이 이제는 자연스런 현상이 되고 있는 실정이다.

셋째, 대의민주주의의 '공공선의 결핍' 이다. 대의제 민주주의가 '전체' 국민의 이익을 위해 작동되어야 함에도 불구하고 실제로는 '부분'의 이해관계에 따라 움직인다는 한계를 노출한다. 즉, 투표는 최선이 아닌 차선의 대안이 최종적으로 채택되는 과정이고 사회적 선호의 총합이 아닌 부분의 합에 불과하다는 것이다.

따라서 대의민주주의는 기본적으로 모든 구성원들의 선호의 합이 아닌 경쟁에 의해 마지막까지 생존하는 강한 집단의 이익이 최대한 반영되는 승자 독식의 과정이라고 본다. 이러한 의미에서 대의제 민주주의의 정치 과정은 사회 전체 구성원을 위한 공공선의 개념은 사라지고 강한 소수 집단의 이해관계 대변에만 충실하게 된다는 한계를 가지게 된다.

그러나 이 같은 일반론적인 대의민주주의의 한계를 가지곤 최근의 정치적 현상을 제대로 분석할 수 없다고 생각한다. 정보사회, 지식사회에 진입하면서 대의민주주의는 본질적인 한계를 노정하고 있다는 생각이다. 다시 말해 대의민주주의가 민의를 제대로 담을 수 없는 근본적인 한계가 제기되고 있는 것이다.

첫째, 대의민주주의는 급변하는 사회 변화와 요구를 수용할 수가 없다. 하루에도 헤아릴 수 없는 새로운 정보와 지식, 그리고 연구 결과가 쏟아지고 있지만 이를 반영할 수 있는 시스템이 구조적으로 불가능하다. 소수의 엘리트가 전담할 수 있는 수준을 이미 넘어선 것이다.

이런 사회적 변화의 추세를 담기 위해 국회에 상임위원회가 설치되어 운영되고 있지만 이 또한 역부족이다. 그래서 대의민주주의는 급변하는 사회의 변화와 요구를 수용하려기보다는 자신들의 이념과 정책 방향에만 부합하는 사회의 변화와 요구에만 응답하고 있다.

그래서 소통이 구조적으로 불가능하다는 것이 대의민주주의의 근본적인 한계이다. 다양한 변화와 요구에 소통할 수 있는 인력과 조직, 그리고 제도가 무한정으로 만들어질 수 없기 때문이다. 그리고 자신들의 이해관계로 인해 만들 생각조차도 하지 않기 때문이다.

둘째, 대의민주주의는 지식을 갖춘 국민들의 참여 욕구를 가로막고 있다. 정보사회에 진입하면서 국민들의 의식수준은 매우 높아졌다. 원하는 정보와 지식을 찾고, 이해하는데 걸리는 시간은 몇 분조차 소요되지 않는다.

높아진 국민들의 지식수준은 사회적 참여 욕구가 강해지고 있고, 더 나아가 자신들의 정치적, 경제적 운명을 자신들이 직접 결정하려는 민주주의 욕구가 강해지고 있다.

하지만, 대의민주주의는 이 같은 국민들의 참여 욕구를 근본적으로 수용할 수가 없다. 소수의 엘리트 중심의 정당정치 시스템에서는 정치와 정책 결정은 누구와도 나눌 수 없는 그들만의 고유한 업무이고 영역이라고 생각한다. 또한, 그것이 가장 효율적이면서도 경제적 비용이 적게 든다고 생각하고 있다.

셋째, 다양성, 복합성, 그리고 중층성을 대표하지 못하는 지금의 대의민주주의는 갈등만 확산시킬 뿐이다. 현대사회의 특징 중의 하나는 하나의 현상과 결과가 하나의 원인과 분석에만 기인하지 않는다는 사실이다. 유

기적인 관계망과 더불어 학문적 경계가 무너지고 있고,
산업 간의 경계 또한 무너지고 있다.

또한, 세대, 이념, 민족, 종교, 성, 지역, 인종 등등 이
루 말할 수 없는 다양한 갈등과 대립이 혼재되어 있는
사회에서 대의민주주의는 결국 승자 독식에 의해서 특
정 세대와 이념, 민족, 종교, 지역 등등을 대변하거나
옹호하게 되면서 갈등 해소가 아닌 갈등 확산이 불가피
한 사회를 만들고 있다.

특히, 지역과 정당을 중심으로 한 대리인을 선출하는
방식은 더더욱 민의의 대표성과 거리가 멀어지고 있다
는 점에서도 대의민주주의는 근본적인 한계를 드러내
고 있는 것이다.

정당정치를 옹호하는 정치학자들의 오류

지난 2008년 촛불 시위에 대한 일부 학자들의 분석을 보면 새로운 현상에 대한 분석이 없고, 과거의 프레임에만 가둬 두고 있다. 이는 전적으로 정치학자들의 오류라는 생각이다. 이처럼 새로운 사회현상, 정치현상에 대하여 본질을 보지 못하고 겉도는 이유는 걷잡을 수 없이 빨라진 기술적 환경과 세대의 문화를 전혀 이해하지 못하는 데에 기인한다.

다시 말해 낡은 패러다임에서 벗어나지 못하고 있는 것이다. 대의민주주의, 정당정치가 근본적 한계를 벗어나 참여와 소통이라는 참여 민주주의 시대로 이미 진입하였지만 자꾸 이걸 부정하고 낡은 정치체제를 옹호하고 있는 것이다.

안철수 현상을 포퓰리즘으로 보고 있는 최장집 교수가 대표적인 사례이다. 진보적인 정치학자로 존경받고 있지만 새로운 시대 변화를 계속 부정하고 있다. 최장집 교수는 지난 2008년 촛불 시위도 정당정치의 부재로 발생한 것이기에 국회로 돌아가야 한다는 주장을 하기도 하였다.

최장집 교수에겐 대의민주주의와 정당정치가 불변의 진리인 것 같다. 최 교수는 "무엇보다도 현대 민주주의는 대의제 민주주의라는 점이 다시 강조될 필요가 있다."며 "민주주의는 시민들이 스스로 직접 통치하는 것이 아니라 선거를 통해 대표를 선출하여 그에게 통치를 위임함으로써, 대표로 하여금 통치토록 하는 체제"라는 점을 강조했다.

최 교수는 '운동의 한계'와 관련해 대중들의 강력한 반대를 조직하는 것은 가능하지만 "찬반을 넘어서는 문제 해결에 필요한 구체적인 대안들을 형성하거나, 서로 다른 이해관계와 여러 대안들을 조정하여 결정을 이끌어 내는 데는 지난한 것이며, 따라서 조야한 방법"이라고 지적했다.

최 교수는 이와 함께 "운동은 강력한 에너지의 동원을 통해 단일의 목표와 이슈를 다루고 성취하는 데는 유효한 반면에, 여러 이슈들이 다투는 과정에서 각 이슈들 간의 중요성의 우선순위를 위계적으로 배열하고, 이에 기초해 정책의 추구를 일상화하는 것이 어렵다."는 점도 운동의 한계로 꼽았다.

최장집 교수의 논리는 앞서 지적한 슘페터의 엘리트 민주주의론과 크게 다르지 않다. 정당정치를 옹호하는 정치학자들의 일관된 논리는 정당정치의 복원만이 현재의 위기를 극복하는 길이라는 점에서 한결같다.

이 같은 정치학자들의 오류는 철저하게 낡은 민주주의 세계관에서 단 한 발자국도 나아가지 못하고 있다. 대중들의 참여가 문제 해결을 위한 구체적인 대안을 얼마든지 만들어 낼 수 있을 뿐만 아니라 빠르고, 효율적으로 해결할 수 있다는 가능성에 대해서는 침묵하고 있다.

당장 집단 지성으로 불리는 새로운 형태의 참여와 대응에 대하여 최장집 교수는 이해하지도, 그리고 단 한 번도 경험해 보지도 못했을 것이다. 최장집 교수는 최근 벌어지고 있는 미국 월가의 시위가 고용과 노동의 문제라는 콘텐츠에만 관심 갖고 있을 뿐 그 시위가 누가, 어떻게 조직되어져 진행되고 있는지에 대해서는 이해하지 못하고 있다.

대중들은 필요한 정보를 충분히 습득하고, 다른 대중들과 토론과 소통을 거쳐 이슈와 운동이 필요하다고 생각하면 자신들이 활동할 플랫폼을 정하고 이곳을 진지로 정한 후 대안을 활발하게 모색하고 실천한다. 최근에 전개된 반값 등록금 운동 같은 경우가 그렇다. 대학생들 자신들이 주체적으로 나서면서 시작된 반값 등록금 투쟁은 시민의 참여와 지지를 통해 사회적 확산과 공감을 이끌어 냈다.

조금 다른 사례이지만 일반 유권자들이 세금혁명당과 같은 특정 어젠다를 중심으로 정치적 공간을 만들고, 대안을 만들어 활동하는 새로운 정치적 시도는 앞서 말한 최장집 교수가 말하는 엘리트 민주주의론이 맞지 않다는 사실을 입증해 주고 있다.

정보사회, 지식사회에 진입한 대중은 과거 시대와는 달리 스마트한 대중들이다. 똑똑한 대중들은 이제 자신들에게 주어진 권한을 소수의 정치 엘리트에게 위임하지 않고 직접 참여하거나 정책 결정에 대하여 어떤 형태로든 참여하거나 개입하고 싶어 한다. 거기에다 스마트폰으로 무장한 스마트몹(똑똑한 대중)이 역사의 전면에 나서고 있다. 지금 이 순간에도 실시간으로 똑똑해지고 있는 이들의 참여를 막을 수 있는 방법은 없다.

2008년 촛불은 성공한
참여 민주주의 혁명

왜 대통령은 리콜이 안 돼요?

지난 2008년 촛불 집회에 열렬하게 참여했던 어느 젊은이의 항변이다. 싸구려 볼펜도 리콜이 되는데 왜 대통령은 리콜이 안 되느냐는 것이다. 촛불 세대는 당연하게 요구하는 말이지만 기성세대들은 쉽게 받아들이지 못한다.

촛불 세대들은 일개 기업이 만들어 낸 제품에도 문제가 있으면 소비자가 리콜을 요구할 수 있는데 한 나라의 운명을 쥐고 있는 대통령을 리콜할 수 없다는 게 말이 안 된다는 것이다.

대한민국의 현실은 어처구니없게도 힘없는 지방자치단체장은 소환할 수 있어도, 국민이 선출한 국회의원이나 대통령은 소환할 수 없도록 되어 있다. 국회와 대통령이 국가나 국민에게 심각한 위해를 가하더라도 어떤 법적 대응도 할 수 없다. 헌법의 전문에 나와 있는 저항권 외에는 아무런 방법이 없는 것이다.

이처럼 높아진 국민들의 주권 의식에 반해 국민의 권한은 철저하게 제한되어 있다. 4년에 한 번, 5년에 한 번 권력을 위임해 주면 영원히 견제할 수 없는 대의민주주의제도와 국민소환제도가 없는 한국의 정치적 상황이 맞물리면서 2008년 촛불 집회는 광우병 수입소 반대 집회에서 빼앗긴 국민의 주권을 되찾기 위한 민주주의 투쟁으로 확대되어 나간 것이다.

어떤 사람은 2008년 촛불 항쟁을 실패한 운동으로 규정하지만 이는 잘못된 평가다. 왜냐하면, 2008년 촛불은 대한민국의 정치제도를 뛰어넘어 새로운 민주주의를 요구하고 나선 최초의 저항운동이었다. 다시 말해 제도적으론 성공할 수 없었지만 기존의 대의민주주의 틀을 과감히 깬 최초의 주권자들의 권리 투쟁이었다.

내가 위임해 준 권력을 돌려 달라

한국 사회를 이해하고 분석하는 데 가장 중요한 역사적 사건이 있다면 그것은 바로 2008년 촛불 집회다. 2008년 촛불 항쟁은 한국은 물론 세계사적 관점에서 보더라도 새로운 민주주의 혁명의 시작을 알리는 매우 중요한 역사적 모멘텀을 제공해 주었다.

이처럼 2008년 촛불 항쟁을 역사적 관점에서 유일하게 새롭게 해석한 사람은 뜻밖에도 학자들이 아니라 김대중 전 대통령이었다. 김대중 전 대통령께서는 병상일기에 다음과 같이 촛불 항쟁을 해석하고 규정하였다.

인류의 역사는 맑스의 이론같이 경제형태가 주도하는 것이 아니라 지식인이 헤게모니를 쥔 역사 같다.

1. 봉건시대는 농민은 무식하고 소수의 왕과 귀족 그리고 관료만이 지식을 가지고 국가 운영을 담당했다.

2. 자본주의 시대는 지식과 돈을 겸해서 가진 부르주아지가 패권을 장악하고 절대 다수의 노동자 농민은 피지배층이었다.

3. 산업사회의 성장과 더불어 노동자도 교육을 받고 또한 교육을 받은 지식인이 노동자와 합류해서 정권을 장악하게 되었다.

4. 21세기 들어 전 국민이 지식을 갖게 되자 직접적으로 국정에 참가하기 시작하고 있다. 2008년의 촛불 시위가 그 조짐을 말해 주고 있다.

이처럼 2008년 촛불 항쟁은 실패한 저항운동이 아니라 성공한 주권자 혁명이었고, 역사적 패러다임을 바꾸게 한 위대한 참여 민주주의 혁명의 시작이었다. 낡은 세계관의 프레임에 갇힌 사람들은 이러한 새로운 민주주의 혁명을 제대로 이해하지 못했다.

그래서 촛불의 한계를 말하면서 대의민주주의를 지탱하는 정당정치의 강화를 외치거나, 실패한 저항운동으로 규정하고 있다. 수구보수 세력들은 촛불의 배후를 밝히라며 억지 주장을 하는 등 2008년 촛불 항쟁에 대한 폄하와 억측만이 존재했을 뿐이다.

여기에서는 2008년 촛불 항쟁이 세계 최초의 성공한 주권자 혁명이었다는 구체적인 이유와 근거에 대해 말해 보고자 한다.

첫째, 과거의 촛불 시위나 노사모 등의 정치 참여는 서포터의 참여 개념에서 크게 벗어나지 않았다.

다시 말해 정치 지도자를 도와주고, 후원하기 위해 참여하거나 특정 단체나 집단이 주도하는 집회에 참여하는 수준에 머물렀다만 2008년 촛불은 주체적인 참여 개념에서 본질적인 전환을 하였다. 자신들의 문제를 자신들이 직접 참여하여 해결하고 방향을 모색하기 시작한 것이다.

이는 참여에 대한 근본적인 인식의 전환이 존재한다. 다시 말해 종래에는 아이돌 가수에 대한 팬클럽 가입과 활동이 있었다면 이제는 자신들이 직접 아이돌 가수가 되겠다고 오디션에 직접 뛰어든 것이다. 이러한 패러다임의 전환은 대의민주주의에서 참여 민주주의로, 주권 위임자에서 주권 행사자로 역사의 주체가 바뀌어진 것이다.

그런 점에서 정당정치로 대변되는 엘리트 민주주의론은 근본적으로 부정당하게 된 것이고, 대의민주주의가 설 곳이 없어졌음을 의미하고 있다. 다시 말해 엘리트 정치 그룹이 이끄는 정당정치와 주권자 참여정치의 본격적인 충돌과 갈등을 예고한 것이다.

둘째, 촛불 항쟁의 지도부가 존재하지 않고, 주권자 스스로가 네트워크를 형성하면서 집단 지성, 집단 운영의 새로운 지도 행태를 창출해 냈다는 사실이다.

슘페터와 최장집 교수는 대중은 이슈를 해결하거나 대안을 마련할 능력이나 조율할 능력이 없다고 말했지

만 이 같은 엘리트 민주주의론을 비웃으며 대중은 새로
운 민주주의의 전형을 창출해 낸 것이다.

특히, 충격적이었던 사실은 과거의 저항운동이 명망
가나 진보 인사들, 그리고 시민단체들이 주도해 왔지만
2008년 촛불 항쟁은 어린 청소년들이 사실상 촛불 항쟁
초기 집회를 주도해 왔고, 이들의 집회에 아줌마, 회사
원 등이 주도적으로 참여하면서 촛불 항쟁을 이끌었다
는 점에서 국민 참여의 민주주의 시대가 본격적으로 열
리게 된 최초의 주권자 혁명의 시작이었다.

최근에 발생한 미국 월가의 반금융자본주의 시위가
이러한 2008년 촛불 항쟁을 꼭 빼닮았다는 점에서 세계
는 다시 2008년 한국의 촛불 항쟁을 주목하고 있는 것
이다.

셋째, 제1공간인 물리 공간(오프라인 공간)을 제2공간
인 전자 공간(온라인 공간)이 제3공간(물리 공간과 전
자 공간이 통합된 공간)을 창출하며 제1공간인 물리 공
간을 압도하는 최초의 사회적 현상이 만들어진 것이다.

이에 대한 자세한 설명은 이후 제3공간의 정치시대 편에서 자세하게 설명하겠지만 인터넷 공간을 중심으로 네트워크 조직을 만들어 활동하면서 오프라인 활동을 통제하고, 지도하는 새로운 참여 형태를 창출한 것이다.

다시 말해 평범한 청소년들과 아줌마, 회사원들이 수십만 명, 수백만 명이 참여하는 집회와 시위를 조직하고, 주도할 수 있었던 힘의 원천은 바로 전자 공간이라 할 수 있는 인터넷 공간이었고, 또한 현장에서 일사불란하게 움직이고 대응할 수 있었던 힘의 원천이 모바일과 문자메시지였다는 사실에서 이들은 제3공간을 스스로 창출하면서 오프라인과 권력을 상대로 압도적인 힘을 보여 줄 수 있었던 것이다.

제3공간의 정치 시대가 최초로 열리게 된 것이고, 이는 최근에 나타나고 있는 안철수 신드롬, 나꼼수 신드롬을 이해하는 데 중요한 단초가 되고 있다. 정보와 지식만 갖추고 있는 이들이 사이버 공간과 모바일을 통해 네트워크화하고, 자신들의 의견과 주장을 스스로 생산하고, 확대하고, 유통할 수 있는 힘을 갖게 된 것이다.

그리고 이 같은 제3공간의 힘이 오프라인의 권력이
나, 기존의 미디어 등을 압도적으로 누르고 있다는 사
실을 최초로 입증해 준 사건이 바로 2008년 촛불 항쟁
이었다.

이제 촛불은 김대중 전 대통령께서 말씀하셨던 것처
럼 국정에 직접 참여하고자 하고 있다. 이들을 가로막
고 있는 정당과 국회, 그리고 엘리트 정치 세력들과의
충돌과 갈등은 불가피할 수밖에 없다. 그러나 역사는
새로운 권력과 공간을 창출한 주권자 혁명의 시대로 조
만간 진입하게 될 것이다.

안철수 현상은 바로 2008년 촛불의 연장선상에 있을
뿐이다. 안철수를 통해 낡은 정당과 정치 세력을 압도
하고 새로운 참여 민주주의 시대로 가고자 하는 국민들
의 열망이 안철수라는 지도자를 만나면서 전면화된 것
이다.

다르게 해석한다면 안철수 교수가 기존 정당정치 시
스템에 안주하려 한다면 국민들은 또 다른 제2의 안철

수를 찾아 나서게 될 것이다. 본질은 안철수의 시대가
온 것이 아니라 주권자 혁명의 시대가 온 것이다. 그것
이 2008년 촛불 항쟁의 역사적 교훈이고, 메시지이다.

사이버 문화와
참여 마케팅의 확산

10대도 리더가 될 수 있는 사이버 공간

직접 겪었던 일이다. 온라인 게임을 좋아하기에 가끔씩 시간을 내 즐기곤 한다. 몇 년 전 오픈했던 C9라는 온라인 게임이 있었다. 잘 만들어진 게임이었으나 운영 미숙으로 저평가된 게임 중의 하나였다는 생각이 든다. 이 게임에서도 길드에 가입했다. 보통 온라인 게임에서는 길드에 가입해야 게임 내에서 서로 돕고 도와주거나 길드 대항전 등을 즐길 수 있다. 길드의 주요 구성원은 2030세대가 많다. 그다음으로 10대가 많고, 40대 이상은 소수인 편이다.

　그런데 뜻밖에도 가입한 길드의 대표 운영자가 아마 고등학교 2학년이었던 것으로 기억난다. 10대 청소년이 대표 운영자로 있고, 부운영자는 2030세대가 맡고 있었다. 성인 100명 이상이 넘는 규모의 길드 대표가 10대였다는 사실에 약간은 걱정을 했었다. 길드 운영자는 길드 구성원 간의 소통을 위해 나름의 노력을 해야 하는 역할이기 때문이다.

　하지만, 이 같은 걱정은 기우였다. 10대 운영자는 유연하고, 성실한 태도로 길드원과 소통하며 원활한 길드 운영에 노력을 했고, 그런 운영자의 헌신에 길드원들도 만족감을 표시하며, 격려해 줬다.

　이처럼 수평적인 관계가 보장되는 사이버 공간에서는 오프라인과는 달리 나이나 학연, 지연 등의 부당한 세속적인 기준이 비집고 들어설 틈이 없다. 만약 오르라인 모임이었다면 10대 청소년은 나이가 어리다는 이유 하나만으로 운영자는커녕 회의 때 발언권조차도 쉽게 확보하기 어려웠을 것이다.

더 나아가 온라인 게임 내에서는 민주적인 길드 운영을 위해서 민주적인 투표 시스템을 지원해 주기도 한다. 최근에 클로즈베타테스트로 출시된 DK온라인이란 게임은 아예 게임 내 핵심 콘텐츠로 투표로 선출되는 정치 콘텐츠를 도입하였다. 게임 내 지존이 되기 위해서는 정치를 잘 해야만 가능한 게임 시스템이라고 한다.

심지어는 게이머가 투표를 통해 순위를 결정하는 오디션 게임도 있다. 슈퍼스타K를 온라인 게임으로 만든 슈스케 온라인은 게임 내에서 자신이 노래 부른 것을 공유하고 평가한 것을 바탕으로 스타가 되는 일련의 과정을 담고 있다.

예를 들어 이용자는 게임 내 '슈퍼스타K3' 모드에서 자신이 가장 잘 부른 노래를 영상으로 녹화해 홈페이지에 올리면, 넷마블 홈페이지 내 투표와 싸이월드 '공감지수', SNS 녹음실 '팬수' 등을 통해 심사를 받게 된다. 서바이벌 오디션 방송에서 가장 중요한 변수인 시청자 투표를 게임에도 적용한 것이다.

온라인 게임 내 시스템 도입 여부 자체를 게이머들의 투표를 통해 결정지은 사례도 있다. 지난 2010년 5월에는 CJ인터넷(주)이 서비스하는 주선 온라인(이하 주선) 게임 내 '오토 시스템' 도입 여부를 놓고 찬반 투표를 진행, 게임 게시판과 아고라 찬반 투표를 합산해 게임 적용 여부를 결정짓기도 했다.

이처럼 온라인 게임이라는 사이버 공간이지만 철저하게 민주적인 의사결정 시스템이 보장되지 않으면 사이버 공간 내 질서가 무너진다는 점에서 현실 세계의 대의민주주의와는 달리 사이버 공간에서는 직접민주주의 제도와 요소가 도입되어 운영되고 있는 것이다.

이 같은 사이버 공간 내의 민주적 문화는 2040세대들에게 더욱더 주체성을 강화하고, 자신들의 권리를 정당하게 주장하고, 실현할 수 있는 기회와 훈련의 공간이 되고 있는 것이다. 소통의 리더십은 이미 사이버 공간에서는 대안의 리더십으로 자리 잡은 지 오래다.

네이버의 지식IN은 기업판 집단 지성의 산물

'슈퍼스타K' 가 높은 인기를 누렸던 이유, 현대자동차의 '달리는 당신을 사랑합니다' 캠페인이 올해 대한민국 광고 대상을 수상한 까닭을 엘지경제연구원에서는 참여 마케팅으로 규정한다.

기업이나 제작자가 주도한 마케팅이기에 참여 마케팅으로 규정하는 것 자체에는 이의를 제기하지는 않지만 본질적으로 앞서 말한 참여 민주주의에 대한 국민들의 욕구와 의지를 기업들이 먼저 마케팅화시킨 것이라고 보는 게 더 정확한 분석이라고 생각한다.

이와 같은 사례보다 훨씬 이전에 국민들의 참여를 마케팅하여 크게 성공한 사례들이 있습니다.

그중에서 가장 대표적인 사례가 바로 검색 포털 네이버의 지식IN입니다. 네이버가 한 일은 네티즌들이 질문을 하고 네티즌들이 답변을 하도록 하는 너무나도 단순한 질문과 답변 틀만 제공해 준 것이다.

나머지는 전부 네티즌들이 묻고, 답하였으며 이 같은 참여 마케팅은 네이버가 포털 순위 1위를 지키는데 결정적인 역할을 하게 된다. 네이버 측에서는 지식IN의 규모를 사용자 약 1천만 명, DB 약 2억 개로 추산하고 있다고 한다. 이처럼 네이버 지식IN은 기업이 주도한 점을 제외하면 사실상 최초의 집단 지성을 형성하여 새로운 지식 세계를 창출해 냈다는 점에서 높게 평가할 수 있다.

네이버 지식IN과 유사한 위키백과사전 같은 경우도 마찬가지라고 할 수 있다. 아무나 위키백과사전에 참여하고, 편집하고, 수정할 수 있다. 이 같은 새로운 지식 체계를 축적해 가는 과정 자체가 철저하게 네티즌들의 참여, 국민들의 참여를 바탕으로 이루어지고 있다는 점에서 참여 마케팅의 위력은 이루 말할 수가 없다.

몇 년 전 이베이에 5천억 원에 가까운 매각 대금을 받고 판매한 지마켓의 경우도 참여 마케팅의 성공한 사례 중의 하나이다. 지마켓은 오픈마켓이라는 개념으로 판매자와 소비자의 직거래를 중개해 주는 시스템을 제공해 주고, 중개수수료를 받는 방식이었다. 하지만, 성공의 요인은 다른 데에 있었다. 상품 구매 후기를 유도한 참여 마케팅이 적중한 것이다.

일부 소비자의 경우는 사진까지 올려 자세하게 상품 구매 후기를 올려놓게 되었고, 이는 온라인 쇼핑몰의 최대 약점인 현장감을 보완해 주었다. 자세한 구매 후기는 곧바로 신뢰성을 확보하게 되었고 구매로 이어지는데 가장 결정적인 역할을 하게 된다.

대기업 쇼핑몰들이 엄청난 자금을 들여 홍보 마케팅을 하였으나 대부분 실패하여 문을 닫은 반면 지마켓은 소비자의 참여 마케팅으로 엄청난 성공을 하게 되었다.

그런데 이 같은 참여 마케팅의 전개와 성공 과정을 보면 최초의 기획과 구상 단계에서 과연 의도한대로 참여 마케팅이 성공할 것인가의 여부다. 네이버 지식IN의 경우는 초창기에 네이버가 해 준 것이라고는 답변을 올리는 네티즌들의 명예 등급을 올려 주는 것 이외에는 아무런 보상이 없었다.

위키백과도 마찬가지로 참여자에 대한 보상이 전혀 없고, 지마켓의 경우는 지스탬프라는 아주 작은 인센티브 정도였다. 하지만, 참여자들은 명예심과 함께 다른 사람들에게 이익이 되고, 도움이 될 수 있다는 공익적인 관점에서 열정을 갖고 참여했다는 사실이다.

이들의 열정이 결국 2008년 촛불에서, 그리고 2011년 안철수를 만나면서 폭발하고 있다는 사실은 아주 자연스럽고, 너무나 당연한 현상이라고 생각한다.

최근에는 TV 대중문화 프로그램 등에서 국민들의 참여에 의해서 순위를 결정하거나, 우승자를 결정하는 참여문화가 확대되면서 보고 즐기는 시청자의 개념에서 참여하고 결정하는 참여자의 개념으로 진화하고 있다.

화제를 몰고 왔던 '나는 가수다' 라는 프로그램에서 청중평가단에 의해 탈락했던 모 가수가 제작진과 출연한 가수들만의 동의로 다시 무대에 서게 되었으나 원칙을 위배했다는 시청자들의 거센 항의에 의해서 중도하차하게 된 해프닝이 있었다.

이 과정에서 시청자들의 항의가 너무 거칠었던 것도 사실이었으나 청중평가단이라는 객관적 평가와 결정 권한을 침범한 제작진에 대한 항의는 주권자 시대의 관점에서 본다면 당연한 지적이고 당연한 항의였다는 생각이다.

또한, 엘지경제연구원에서 참여 마케팅으로 소개한 다음의 사례는 매우 중요한 의미를 새롭게 주고 있다.

2009년 1월 영국의 조그마한 마을에서 한 트위팅(Tweeting)으로 시작한 이벤트가 불과 수개월 만에 전 세계의 공익을 위한 글로벌 오프라인 축제로 발전한 트위스티벌(Twestival) 사례는 주변 사람들과 함께할 수 있는 요소만 제공해 준다면 상호작용과 연결성으로 예상치 못한 결과를 가져올 수 있음을 보여 준다. 단순한 자선 모임에서 탈피하여 모두가 즐길 수 있는 축제의 장이 마련되자 많은 사람들이 이러한 의미 있는 활동에 감화를 받고 'Tweet, Meet, Give(트윗하자, 만나자, 기부하자)' 라는 모토로 전 세계 200개 도시에서 파티를 열고 25만\$을 모금하여 개발도상국 아동에게 교육 기회를 제공하거나 아프리카 사막 인근 주민에게 식수를 공급하는 데 기금을 사용하여 사회적으로 큰 반향을 불러일으킨 바 있다.

이 사례는 두 가지 측면에서 매우 새롭고 충격적이다. 첫째는 기업이 아닌 마을이라는 점이고, 둘째는 트위터라는 SNS(소셜 네트워크 시스템)의 본격적인 등장이다. SNS의 등장은 네티즌과 국민의 참여를 빠르고 쉽게 할 수 있다는 점에서 최근에 벌어진 월가의 시위가 불과 몇 개월도 안 돼 전 세계적으로 확산되고 더 나아가 동시다발 집회가 이루어진 힘의 원천은 바로 SNS 때문이다.

참고로, SNS의 등장과 확산은 이젠 국내는 물론 전 세계인을 하나로 묶을 뿐만 아니라 실시간으로 진행되고 있다는 점에서 권력이나 자본의 통제가 근본적으로 불가능해졌다는 사실이다. 최근 중동에서 벌어진 민주화의 승리가 바로 이런 힘의 원천과 속성 때문에 가능했던 것이다.

이처럼 참여 마케팅은 사실상 참여 민주주의 문화를

확산시키고 있으며, IT기업과 방송을 중심으로 진행돼
온 참여 마케팅이 개인과 집단, 그리고 정당으로 확산
되어 가고 있다. 기업 마케팅과 문화, 그리고 인터넷 커
뮤니티를 중심으로 성장해 온 사이버 민주주의 문화는
이제 곧 정치 현실을 향해 거대한 태풍으로 돌진하고
있는 중이다.

제2부

제3공간의 정치론

—안철수 현상에 대한 새로운 분석론

왜
공간론인가?

우리가 단순히 생각하는 공간에 대한 개념은 머릿속에 있지만 실제 공간에 대한 개념을 정리하기까지는 철학자와 과학자들 간의 치열한 논쟁을 거치고 있고, 아직도 논쟁 중에 있다. 현재 대한민국이라는 나라에서 벌어지고 있는 정치적, 사회적 현상과 분석, 미래의 전망을 위해서는 공간론에 대한 정확한 이해가 필요하다.

다소 철학적이고 사유적이지만 우리는 새로운 공간론에 대하여 차분하게 이해하고, 활용하기 위해서는 반드시 거쳐야 할 중요한 철학적 개념이라고 생각한다. 영국의 사회학자 기든스는 장소란 마치 지역(region)과 같은 개념처럼 지리적으로 위치된 사회적 활동의 물리적인 장을 의미하며, 전근대사회에서는 공간과 장소가 대부분 일치되어 있었고 사람들의 생활은 저마다의 장소에 뿌리내리고서 자리매김하였다.

그러나 근대사회의 출현과 더불어 공간이 점차 장소로부터 분리되었는데, 이것은 대면적 상호작용을 하기에는 지역적으로 멀리 떨어져 있는 사람들 사이의 관계가 근대적 기술혁신의 결과 덕분에 쉽사리 맞닿게 된 데 따른 결과이다.

다시 말해 지리적 장소들은 그곳으로부터 멀리 떨어져 있는 사회적 영향력 아래 놓이게 되고, 그것에 의해 형성된다. 장소를 구성하는 것은 단순히 눈앞에 보이는 장면이 아니다. 장소의 가시적 형태는 그 본질을 결정하는 원격적인 관계들을 감추고 있다는 것이다.

그런데 여기에서 장소와는 달리 공간에 대한 관점과 입장의 차이가 다양하고 아직도 논쟁 중이다. 개인적으론 바로 이러한 공간 논쟁에 대한 새로운 해석과 이론을 제기하고자 한다.

이무영 저서 '공간의 문화정치학' 에서는 최근에 논의되고 있는 공간의 사회학과 정치학에 대한 새로운 접근과 방향을 제시해 주고 있다. 핵심 내용만 간략히 소개하고자 한다.

공간 담론의 최근의 흐름은 물리적인 공간과 사회적 주체 간의 관계를 고려하는 움직임이 지배적이다. 인간은 사회적 존재자인 동시에 공간적 존재며, 사회는 공간적으로 생산되고 공간은 사회적으로 생산된다는 시간-공간-사회의 '삼변증법' 을 제창한 소자나 하바의 '역사지리유물론', 일상적인 사회생활과의 연관성 속에서 공간을 이해하는 르페브르의 '사회공간론' 등이 대표적인 논의들이다. 특히, 르페브르의 '사회공간론' 은 논리적 수학적 공간이라는 형식적 추상적 영역과 사회적 공간이라는 실천적 감각적 영역과의 관계 속에서 공간 개념을 철저히 규명할 것을 강조한다.

그러면서 실제 공간이 유사 이래 다양한 헤게모니 체제 하에서 다양한 방식으로 생산되어 온 역사를 살핀다. 따라서 사회 공간은 절대자에 의해 창조된 텅 빈 공간이 아니라, 사회적으로 '생산된' 공간이며, (재)생산을 둘러싼 다중적인 사회관계들이 상호 교차하고 중첩되는 사회적 네트워크를 말한다. 이러한 사고는 자본주의 사회에서 자본축적 위기의 공간적 해결을 통해 공간 차별화가 지속되는 과정에 주목하는 '공간정치경제학' 과 일상생활 속에서 구체적인 공간 형성과 공간 생산의 다차원적인 경로를 규명하면서, 공간을 둘러싼 권력관계와 갈등관계를 파헤치는 '일상생활공간론' 과 '포스트모던공간론' 등으로 논의가 다양화되고 있다.

이러한 공간 논의들은 공간 현상을 연구함에 있어 구체적인 상황과 맥락에 대한 관심과 억압과 저항의 다양한 차원 및 그 매개 방식에 대한 분석을 요구하고 있다. 최근 공간 담론에서 가장 주목을 받고 있는 '공간의 문화정치학' 은 공간과 장소를 둘러싸고 지배력과 저항력이 어떻게 충돌하고 부딪히며, 다양한 의미들이 어떻게 서로 경합하고 갈등하면서 공간에 표출되고, 새로운 공간을 생산하는지에 대한 포괄적 맥락적인 접근을 취하고 있다.

이처럼 이 글에서는 그동안 공간론이 과학적, 철학적

측면에서만 논의되던 공간론을 사회적 관점 더 나아가 사회적 주체들의 관점에서 공간론을 바라보았다는 점에서 새롭다. 특히, 공간 주체들의 지배력과 저항력이 어떻게 충돌하고 부딪히며, 새로운 공간을 생산하는지에 대한 관점을 제공해 줌으로써 앞으로 제기할 제3공간론과 사이버 공간를 이해하는데 많은 도움을 주고 있다.

제3공간론은
무엇인가?

제3공간론을 말하기 이전에 제2공간이라 할 수 있는 사이버 공간에 대해서 먼저 말하고자 한다. 사이버 공간을 가장 쉽게 이해할 수 있는 방법은 온라인 게임이다. 대한민국에서 최초로 도입된 온라인 게임은 지난 1994년 드림웍스의 '쥬라기 공원'이 PC통신 천리안을 통해 제공되면서부터 시작됐다.

개인적으론 이 최초의 온라인 머드게임에 참여했을 뿐만 아니라 '미라쥬기사단'이라는 게임 내의 대표적인 길드의 대표를 맡기도 했었다. 이 게임은 텍스트를 기반으로 이동하고 전투를 하는 온라인 게임이었다. 당시에 이 게임을 하고 있는 나를 지켜보는 내 주변 사람들도 이 게임의 내용을 이해하지 못했고, 나 또한 내 주변의 사람들에게 이 게임에 대하여 설명하지 못했다.

이 게임에서의 공간은 그래픽이 구현되지 않는 텍스트 게임이라 게임을 하고 있는 게이머 머릿속에만 존재한다. '동-서-서-북-동' 이런 식으로 이동 좌표를 텍스트로 입력해서 이동하면 갑자기 공룡이 나타나 공격하게 되고, 전투가 시작된다. 사이버 채팅의 공간이 평면적이라고 한다면 이 게임의 공간은 입체적이라고 이해하면 된다.

개인적으론 정보사회를 말할 때 항상 하는 말이 온라인 게임을 해 보라고 조언해 준다. 사이버 공간을 직접 체험하고 이해하는 과정이 있어야만이 사이버 문화를 알 수 있고, 제3공간을 이해할 수 있다고 생각한다.

제3공간은 이런 사이버 공간도 뛰어넘은 새로운 차원의 공간을 의미한다. 이런 의견에 당장 대부분의 사람들은 무슨 말이냐며 고개를 갸우뚱할 것이다. 그렇다.

제3공간론은 어쩌면 쉽게 이해하기 어려운 개념일 수도 있다. 지금 현재 우리가 직접 체험하고, 경험하고, 활용하고 있지만 이 새로운 세상과 공간을 철학적이고, 논리적으로 설명하는데 많은 어려움이 있는 것도 사실이다.

과거 컴퓨터를 중심으로 인터넷 공간이 사이버 공간을 창조해 냈다면 스마트폰과 무선 네트워크를 만들어 낸 제3공간은 사이버 공간과는 전혀 다른 공간의 개념이라 할 수 있다. 좀 더 쉽게 비약해서 말한다면 온오프의 경계가 사라진 공간이 바로 제3공간이라고 생각하면 될 것 같다.

이처럼 공간의 개념에 대한 치열한 논쟁이 진행되거나 외면당하고 있는 와중에 우리는 전혀 예상하지 못한 새로운 공간론을 현실에서 접하게 된다. 이는 기존의 사회학자들이나 과학자들이 예상하지 못한 방향으로 급격하게 진행되고 있다는 점에서 매우 새롭고, 혁명적이다.

새로운 공간론에 대하여 흥분하는 이유도 바로 여기

에 있다. 지금부터는 공간혁명론에 대하여 기본적인 이해를 돕고자 하원규 외 공저 '유비쿼터스 IT혁명과 제3공간'에서 말하고 있는 사이버 스페이스로 통칭되는 제3공간론에 대하여 간략히 소개해 보기로 하겠다.

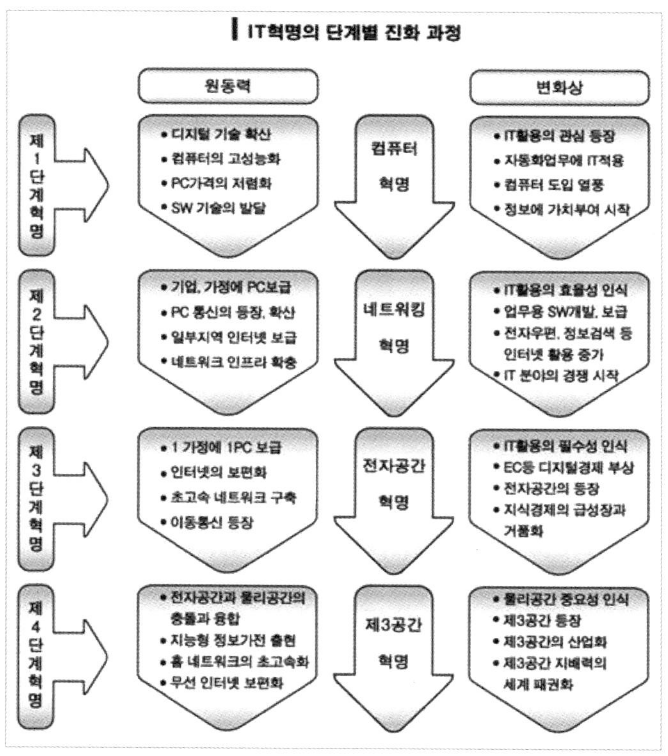

유비쿼터스 IT혁명과 제3공간(하원규 외 공저, 인용)

현재 진행 중인 4단계 IT혁명은 전자 공간과 물리 공간을 융합함으로써 전혀 새로운 제3의 공간을 창출하는 단계다. 4단계 IT혁명 과정에서 전자 공간은 물리 공간으로 침투하고 물리 공간은 전자 공간을 지향한다.

냉장고·TV·오디오세트·청소기·주방세트 등 가정의 전자 제품들 뿐만 아니라 목욕탕·거실·지붕·도로·가로 등까지도 지능화, 정보화, 인터넷화된다. 초소형 컴퓨터와 휴대폰이 초고속 무선 인터넷과 결합하고 수백 Mbps급의 전송속도를 낼 수 있는 초고속 홈 네트워크 시대가 도래한다.

따라서 4단계 IT혁명 과정에서의 정보화는 전자 공간과 물리 공간 간의 괴리와 부조화를 줄이기 위한 융합적 노력에 집중될 것이다. 4단계 IT혁명을 거치며 전자 공간과 물리 공간의 경계도 모호해진다. 어디서부터 전자 공간인지 그리고 어디까지가 물리 공간인지를 구분하는 것 자체가 무의미해질 것이다.

더 이상 물질과 정보가 독립된 상태로 존재하지 않는다. 물질은 정보를 향하고 정보는 물질에 탑재(implant)된다. 마치 인간의 육체와 정신을 구분할 수 없는 것처럼 4단계 IT혁명은 물질과 정보가 혼연일체되어 '살아 숨쉬는 공간(living space)' 을 창출해 낸다.

향후 4단계 IT혁명이 완성되면 닷컴 기업이나 닷넷 기업이라는 칭호는 사라질 수밖에 없다. 모든 기업들이 전자 공간과 물질 공간에 걸쳐서 존재할 수밖에 없기 때문이다. 모든 회사가 제3공간 기업이라는 새로운 형태의 모습으로 변신하게 되는 것이다.

제3공간 시대를 앞당길 4단계 IT혁명은 이미 시작됐다. 물리 공간과 전자 공간을 넘나들며 이 혁명의 전주곡은 조용히, 그러나 강렬하게 울려 퍼지고 있다. 지금 우리는 새로운 공간 시대를 여는 혁명의 한가운데 서 있다. 그래서 이제는 모두가 제3공간이 열리는 소리에 귀를 기울여야 할 때다.

거대한 제3공간 역시 21세기 초의 빅뱅을 통해 한순간에 형성될 것이다. 전자적 빅뱅의 폭발력은 정보기술의 혁신, 유무선 네트워크의 초고속화, 콘텐츠의 멀티미디어화 그리고 인터넷 서비스의 대중화와 상업화 등 여러 정보 기술들 간의 절묘한 결합에서 비롯됐다.

여기에 새로운 사회경제적 기능의 창출과 물질 공간의 한계에서 비롯된 공간 재편, 그리고 새로운 공간 창조의 강렬한 욕구가 결합해 전자 공간의 질서가 스스르 조직화되고 있는 것이다. 전자적 빅뱅을 통해 탄생한 전자 공간(cyber space)은 기존의 일반 물리 공간에서 이뤄지던 전통적인 기능을 대체하는 동시에 물리 공간에서는 도저히 불가능했던 새로운 기능을 창출하고 있다.

이 과정에서 인류 문명의 중심이 물질 공간에서 전자 공간으로 빠르게 이동하고 있다. 지금 우리는 인류 문명의 한가운데서 벌어지고 있는 제3공간의 빅뱅을 직접 목격하고 있는 것이다.

이 글에서는 인터넷과 컴퓨터가 생겨나기 이전의 '물리 공간'을 제1공간으로 규정하고, 컴퓨터가 탄생한 후 컴퓨터 파워와 네트워킹 능력을 활용할 수 있게 되면서 발전한 '전자 공간'을 제2공간으로 규정한다. 그리고 이 둘의 만남과 충돌, 그리고 융합을 통해 새로운 세계인 제3공간을 창출할 것이라고 규정하고 있다.

다시 말해 스마트폰과 무선 네트워크, 그리고 SNS가 본격적으로 보급된 스마트폰 시대에 접어들면서 사실상 제3공간 시대가 열린 것이다. 이 같은 공간 혁명을 4차 공간 혁명으로 규정하고, 완전한 공간의 원형이라고 말하고 있다.

지금도 진화되고 있는
제3공간론

    지금까지 공간론에 대한 일반화론적 이론과 현상을 설명하고, 이해를 도왔다면 최근 새롭게 제기되고 있는 제3공간론의 새로운 진화를 말하는 한국의 미래학자 최윤식 씨의 글을 다시 인용해 보기로 하겠다.

    우리는 지금 가상과 현실의 경계가 파괴되어 가는 '제2차 가상 혁신' 시대로 접어들었다. 스마트 모바일, 증강현실, 홀로그램, 3D 입체, 초고속 3D 네트워크 기술, 위치 추적 기술, 인공지능, Virtual Reality, 클라우딩 컴퓨팅 기술, 유비쿼터스 기술이 급속히 융합되면서 향후 10년 이내에 '현실이 가상으로 흡수되고, 가상은 현실로 탈출하면서' 가상과 현실의 경계가 완전히 무너지는 시대가 될 것이다.

2013년경이면 피처폰이 완전히 사라지고 2016년경이면 전통적인 데스크톱 PC가 사라진다. 2017년이면 그래핀 소재 같은 것을 활용한 마음대로 구부려지고 접히는 디스플레이가 활성화(2014년이면 상용화가 가능)되고 2016년경에는 가상 현실(Virtual Reality) 기술이 도입된다.

2020년 즈음에는 홀로그램 모니터가 사용되는 변화들이 나타날 것이다. 변화가 완성되고 나면 곧바로 '제3차 가상 혁신'이 시작된다. 제3차 혁신은 지구 자체가 컴퓨터가 되면서 인간이 컴퓨터 속에 사는 매트릭스 세상, 내가 공간이나 사물·사람을 찾아가는 시대가 아니라 정보·사물·사람·공간 자체가 알아서 스스로 내게 찾아오는 시대가 된다. 가상이 현실을 완벽하게 지배하고 인텔리전트 3D 가상공간 안에 존재하는 가상의 정부·정치·회사·학교 사회가 주도적인 세력이 된다.

더 나아가 내가 접속을 하지 않아도 정보(가상공간)가 스스로 알아서 나에게 접속해 오는 시대가 되면 우리는 더 이상 검색엔진이나 포털의 필요를 느끼지 않게 될 것이다. 그러면 현재와 같은 모습의 포털이나 검색엔진은 유즈넷, 텔넷, FTP 등처럼 사람들의 기억 속에서조차 완전히 사라질 것이다.

이처럼 우리는 어느 누구도 예측하지 못한 새로운 공간의 세계로 나아가고 있으며, 그 혁명적 변화의 방향과 내용에 대해서도 충분하게 토론되고, 검토되고 있지 못하다.

이처럼 빠르게 진화하고 있는 제3공간론의 특징을 정리해 보면 대략 이렇다.

첫째, 스마트폰과 무선 네트워크가 대중적으로 보급되면서 제3공간이 열렸다. 둘째, 제3공간이 현실 세계인 제1공간을 압도하기 시작하였다. 셋째, 민의가 분출하면서 제3공간의 정치 시대도 열리고 있다.

제3공간의 시대와
한국

누군가는 이렇게 묻는다. 정당에 대한 불신은 선진국도 높은데 왜 한국에서만 유독히 탈정당정치 현상이 나타나는가에 대해서 문제를 제기한다. 그 질문에 대한 답변은 이렇다. 정당에 대한 불만을 표출하고 대안을 모색할 수 있는 기술적, 문화적인 환경이 다른 선진국보다 압도하고 있으며 제3공간으로 모아진 정치적 에너지가 핵심 모순인 중앙 권력을 향해 끊임없이 도전하고 충돌하는 현상 때문이다.

특히, 한국 사회는 전 세계 어느 나라보다 중앙집권적인 사회이다 보니 제3공간에 모여진 에너지가 모두 중앙집권적인 사회 모순을 향해 충돌하고 저항하기 때문에 가장 먼저 탈정당 현상이 나타나는 것이다.

이렇게 한국은 두 가지 측면에서 세계의 어떤 나라보다 가장 빨리 제3공간의 시대에 진입하였다. 그래서 세계 최초로 2008년 촛불 항쟁, 나꼼수 등과 같은 제3공간의 정치적 현상이 가장 먼저 발생하기도 한 것이다.

그렇다면 왜 대한민국에서 제3공간의 정치 시대가 빨리 나타나고 있는 이유가 무엇인지에 대하여 보다 구체적으로 알아보고자 한다.

스마트폰의 대중적인 보급과 활용 능력

불과 몇 개월 전 스마트폰 보급 대수가 1,500만 대를 넘어섰다는 뉴스를 본 지 얼마 안 돼 최근에 다시 2,000만 대를 넘어섰다는 뉴스를 보게 되었다. 이런 속도라고 한다면 앞으로 1년 이내에 스마트폰 3,000만 대 시대가 오는 것은 기정사실이라고 보는 게 맞을 것 같다.

			2010년 5월	2011년 11월
신규 스마트폰 이용자 구성비	연령별	12~19세	9.5%	15.3%
		20대	44.4%	23.9%
		30대	32.7%	24.2%
		40대	11.6%	24.7%
		50대	1.8%	11.9%
	직업별	전문관리직	16.7%	14.2%
		사무직	43.2%	26.8%
		서비스/생산직	9.5%	19.1%
		학생	23.2%	24.9%
		주부	5.5%	11.4%
		기타	1.9%	3.6%

스마트폰 이용 기간이 6개월 미만인 신규 이용자

이처럼 상상을 초월할 정도로 엄청나게 빠른 스마트폰의 보급과 함께 실제 스마트폰의 이용율도 폭발적으로 증가하고 있어 스마트폰 시대가 우리 사회에 얼마나 많은 변화와 혁신을 가져올 것인가를 예측조차 하기 어려울 정도이다.

		2010년 5월	2011년 11월
스마트폰 인터넷 이용자(최근 1개월 이내)		91.3%	92.5%(+ 1.2% p)
인터넷 이용 빈도(하루 1회 이상)		71.5%	71.0%(- 0.5% p)
일평균 인터넷 이용시간		59.4분	58.2분
주로 선호하는 스마트폰 무선인터넷 접속 방법	이동통신망(3G)	26.8%	45.3%(+ 18.5% p)
	무선랜(WiFi)	65.4%	45.2%(- 20.2% p)

스마트폰 인터넷 활용(한국인터넷진흥원 제공)

　방통위와 한국인터넷진흥원이 작년 11월 21일부터 30일까지 10일간 스마트폰 이용자 2,109명을 대상으로 진행한 이용 현황 조사 결과를 보면 스마트폰 이용자는 일평균 1.9시간 동안 스마트폰을 이용하는 것으로 파악됐다.

			2010년 5월	2011년 11월
모바일앱 다운로드 이용자(최근 1개월 이내)			66.0%	69.5%(+ 3.5% p)
모바일앱 다운로드(하루 1회 이상)			25.2%	21.7%(- 3.5% p)
월평균 유료 모바일앱 구입 비용(5천원 이상 지출자)			56.0%	31.5%(- 24.5% p)
모바일앱 개수	설치 모바일앱	전체	23.1개	28.0개(+ 21.2%)
		무료	19.9개	25.9개(+ 30.2%)
		유료	3.2개	2.1개(- 34.4%)

스마트폰 인터넷 활용(한국인터넷진흥원 제공)

　또한, 이용자의 92.5%는 스마트폰을 통해 인터넷을 이용했다. 일평균 58.2분 동안 인터넷을 접속했다. 주로 '이동통신망(3G)(60.3%)'을 통해서다. 모바일 앱 다운로드 이용자(스마트폰 이용자의 69.5%)는 평균 28개의 앱을 설치했다. 유료 모바일 앱 다운로드 이용자 10명 중 3명이 월평균 5,000원 이상을 지출했다.

　스마트폰은 SNS 확산에 중요한 역할을 하고 있다는

조사 결과도 있다. 10명 중 6명이 SNS를 사용했다. SNS 이용자 70% 이상이 '장소에 관계없이 SNS 이용이 가능해서(73.5%)', '스마트폰을 항상 갖고 다니기 때문에(72.7%)'라고 그 이유를 설명했다.

이 같은 스마트폰의 보급은 경제활동인구의 80%, 사실상 사회활동을 하고 있는 전체 인구에 해당되며 더불어 하루에 2시간에 가까운 스마트폰의 이용률은 세계 최고 수준이다.

우리나라보다 먼저 스마트폰 보급이 이루어진 미국의 경우도 올해 말에나 겨우 50%를 넘어설 전망이라고 한다. 일본은 2012년 3월에 가서야 23%를 넘어설 전망이며, 중국은 8% 수준에 머물고 있다.

또한, 스마트폰 이용 시간의 폭발적인 증가율이다. 지난 상반기 이용률 조사에서는 스마트폰 이용 시간이 1시간 7분이었으나 불과 6개월도 안 된 조사 결과에서 1.9시간으로 두 배에 가까운 이용 시간의 증가이다.

이 같은 이용 시간의 증가 추세는 더욱 높아질 것이라는 점에서 스마트폰의 보급은 물론 이용 시간 또한 폭발적으로 증가하고 있다는 점에서 대한민국은 스마트폰 시대, 다시 말해 제3공간의 시대에 본격적으로 진입하게 된 것이다.

이 같은 빠른 시간 내에 상상조차 하기 힘들 정도로 새로운 IT문화와 기술에 대한 폭발적인 보급과 활용 능력을 갖춘 한국만의 특성과 환경을 면밀하게 분석하지 않고, 이해하지도 못하는 정치학자와 사회학자들의 사회분석론이 틀릴 수밖에 없는 근본적인 이유를 제공하고 있다.

단지, 한국이 IT강국이기 때문이 아니라 왜 한국에서만 유독 스마트폰의 빠른 보급과 활용이 이루어지고 있는지에 대하여 잘 이해하고 알아야 한다. 이 부분에 대한 자세한 설명은 별도로 설명하지 않겠지만 제3공간의 시대를 가장 빨리 열어 가고 있는 한국을 인정하지 않는 한 달리다 못해 날고 있는 대한민국을 이해하지 못할 것이다.

또한, 일부에선 SNS를 최근 사회 변화의 핵심으로 지목하고 있지만 SNS 자체가 파괴력을 갖고 있는 것처럼 말하고 있지만 이는 잘못된 분석이다. 물론, SNS가 미디어와 소통의 기능면에서는 대단히 파괴적이지만 그 파괴의 본질에는 스마트폰과 그 스마트폰을 충분히 활용하고 있는 한국민의 출중한 능력 때문이다.

스마트폰의 최대, 최고의 강점은 언제나 휴대하고 있다는 사실이다. 화장실에서도, 여행 중에도 언제나 소통할 수 있고, 활용할 수 있다는 장점과 함께 이 같은 듣도 보지도 못한 엄청난 능력을 가진 도깨비 방망이(스마트폰)을 마음대로 활용하고 있는 우리나라 국민들의 능력이다.

이 같은 스마트폰의 보급과 활용 능력은 우리 사회에서 우리가 상상하는 그 이상의 파괴력을 보여 줄 것이다. 이제 자본과 조직, 그리고 소수 엘리트 권력의 시대는 국민들의 한 손에 쥐어지는 작고 똑똑한 기계 하나로 이어지는 새로운 세계의 힘 앞에 모두 굴복하고 말 것이다.

세계에서 가장 중앙집권적인 한국 사회

먼저, 한국 사회에서 지역에 대한 개념을 정리해 보기로 하자. 한국 사회에서 지역은 서울 이외의 지리적 장소라는 표현이 더 적합할 것 같다. 참여정부 때 추진되었던 행정수도 이전 헌재 판결에서 느닷없이 뛰쳐나왔던 관습헌법을 사례로 들지 않더라도 한국 사회는 서울 중심의 강력한 중앙집권적 사회이다.

여기에 분단 체제, 유교 문화, 수출 의존의 대기업 경제구조 등등을 포함한다면 사실상 지역은 존재하지 않는 강력한 중앙집권적 국가이다. 참여정부가 혁신도시 등의 토건적 분산 배치를 추진했던 이유도 현재와 같은 대한민국 사회구조에서는 지방분권이 사실상 구조적으로 불가능한 사회라는 점을 인지했기 때문이다.

다시 말해 지역은 거주와 문화만이 존재하는 지리적 공간 이외에는 다른 정치적, 사회적 의미를 부여해서는 안 된다는 것이다.

그런데 역설적인 건 이처럼 모든 것을 다 빨아들이고 있는 중앙집권제 한국 사회에서 새로운 공간 혁명이 가장 빠르게 일어나고 있다는 사실이다. 이 점이 이 글의 핵심적인 포인트라는 생각이다. 세계에서 가장 비효율적인 중앙집권적 사회에서 세계에서 최초의 공간 혁명과 정치 혁명이 가장 먼저 진행하고 있다는 사실이 매우 흥미롭고, 충격적이다.

이 같은 가능한 것은 바로 제3공간의 특징 때문이다. 제3공간에서 사실상 지역이 특별하게 존재하지 않고 수평적 네트워크로 연결되어 있기 때문에 모든 에너지와 역량이 중앙에 집중되어 있는 것으로 보면 된다. 예를 들어 지난 2008년 촛불 항쟁의 경우 아고라를 중심으로 한 제3공간에서 네트워크를 조직화하고, 역량을 집중했다. 또한 사회의 핵심 모순이 중앙 권력에 집중되어 있기 때문에 중앙 권력을 중심으로 저항하고 대립하고 있는 것이다.

다시 말해 현실 세계의 중앙 권력과 제3공간의 권력이 항상 충돌할 수밖에 없다는 사실이고, 그 힘의 균형이 이제 제3공간 세력에게 기울어지면서 '참여와 소통'을 핵심 가치로 하는 참여 민주주의 성공을 눈앞에 두고 있다.

현재 이를 상징적으로 잘 나타내 주는 정치 현실이 있다. 바로 정당정치를 기초로 한 박근혜 전 대표의 탄탄한 지지율과 SNS로 상징되는 안철수 신드롬이 충돌하고 있는 것이다. 현실 세계에서의 중앙집권적 사회와 사이버 공간에서의 참여 민주주의 사회가 정면으로 충돌하고 있으며 이는 전혀 다른 이념과 가치를 지향하는 정치 세력의 공간 충돌을 하고 있는 것이다.

제3공간의
정치 시대가 열리다

그런데 이 같은 팽팽한 대결 구도가 무너지고 있다는 사실이다. 이는 앞서 설명했던 대로 전자 공간과 물리 공간이 충돌하고 융합하면서 제3공간이 창조되었고, 제3공간은 스마트폰을 중심으로 하는 모바일 혁명과 맞물리면서 전자 공간이 물리적 공간의 지배가 가능해지는 본격적인 공간 혁명의 시대로 진입하였기 때문이다.

나는 꼼수다가 기존 미디어를 누를 수 있었던 힘은 바로 정보의 확산과 유통을 국민들이 장악할 수 있었기 때문에 가능한 것이다. 특히, 개인 미디어가 SNS를 통해 실시간으로 정보의 확산과 유통을 하게 되면서 어떤 미디어보다 가장 빠르고, 가장 많은 사람들에게 확산시키고, 전달할 수 있는 힘을 갖추게 된 것이다.

예를 들어 이외수 작가의 경우 최근에 트위터 팔로우가 100만 명을 넘어섰다고 한다. 또한 이외수 작가를 팔로우하고 있는 트위터들의 팔로우 수까지 합하면 수백만 명이 넘어선다. 자신이 원하는 때에 아무런 비용도 없이 수백만 명을 대상으로 실시간으로 1초 안에 콘텐츠를 전달할 수 있는 기존의 미디어에는 없다.

인터넷과 스마트폰, 그리고 SNS로 대표되는 제3공간의 힘은 오프라인의 미디어는 물론 오프라인의 조직력도 누르기 시작했다. 얼마 전 진행되었던 서울시장 야권 후보 경선 과정에서 박원순 후보가 민주당의 박영선 후보에게 사실상 조직 동원 선거라 할 수 있는 국민경선에서 46.3% 득표율로 51.1%를 얻은 박영선 의원에게 박빙의 열세라는 뜻밖의 이변을 연출하며 야권 후보에서 승리할 수 있게 되었다.

이 같은 승리는 과거였다면 실제 일어날 수 없는 모세

의 기적과도 같은 결과이다. 민주당은 야권의 제1당이 며, 서울시의회의 2/3가 넘는 당선자를 냈고, 21명의 구 청장이 당선되었다. 박원순 후보가 시민단체의 지원을 받았다고는 하지만 그것은 조직 선거를 해 본 적이 없 는 시민단체에게 역부족 그 자체라 할 수 있다.

승리의 원동력은 자발적인 시민들의 참여였고, 자발 적인 시민들의 참여를 이끌어 낸 힘은 역시 인터넷과 SNS였다. 특히, 투표 참여 인증샷 놀이 등은 폭발적인 참여의 힘을 이끌어 내는 콘텐츠가 되었다는 점에서 앞 으로도 제3공간의 힘이 오프라인의 조직력을 압도할 수 있다는 희망의 증거를 제시해 주었다.

특히, 모바일 혁명을 촉발시킨 스마트폰의 등장은 공 간과 시간의 동시성의 문제를 해소하고 있다. 다시 말 해 공간과 시간이 분리되지 않고 동시적으로 일어나는 리얼타임 시대에 진입한 것이다.

리얼타임 시대는 기존의 권력이 소통과 여론을 전혀 통제할 수 없다는 시대에 진입하였다는 점에서 매우 흥미롭다. 푸코는 "최근 들어 권력은 자신을 은폐한 채 보다 뻔뻔스럽고 보다 전면적인 차원에서 그 성공을 만끽하고 있다."고 한다. 권력은 과거의 금기와 통제 일변도의 제어 방식에서 탈피하여 자신의 중요한 부분을 숨기면서, 당기고 늦추는 '허용과 금기'를 통해 욕망과 쾌락을 산출한다는 것이다.

하지만, 최근 이집트와 아랍 등에서 벌어진 민주주의 혁명과 미국 월가를 시작으로 한 반금융자본주의 반대 시위 등의 사례에서 알 수 있듯이 공간과 시간을 지배한 제3의 공간의 정치 세력들은 아주 빠른 시간 내에 저항을 조직하고, 민주주의 혁명에 성공하고 있다.

참여와 소통을 핵심 가치로 삼는 참여 민주주의 시대가 제3공간의 시대와 함께 열리게 된 것이다.

제3공간 시대의
리더십

누군가는 나약하게 보이는 안철수 교수를 보면서 한 나라의 대통령으로서 자질이 있을까 하는 의문을 던진다. 이런 의문을 던진 세대는 대부분 40대 이상이다. 이렇게 의문을 던지는 세대들의 이면에는 과거의 낡고 강력한 카리스마를 가진 지도자의 상을 갖고 있다.

이제는 소통을 하지 않으면 생존할 수 없는 리더십의 시대가 왔다. 참여 민주주의 시대를 열어 나갈 새로운 리더십은 바로 소통과 경청 능력을 잘 갖춘 지도자가 될 것이다. 그럼에도 일부에선 이해하고 납득할 수 없다고 말한다.

어떻게 한 나라의 대통령이 유약하고, 나약한 사람들이 이끌어 갈 수 있을까라는 문제 제기에서 단 한 발자국도 물러나지 않는다. 카리스마와 결단력이 없는 리더는 절대 나라를 이끌 수 없다고 생각한다. 그들의 고정관념이 쉽게 깨지기는 어려울 것 같다.

하지만, 제3공간 시대의 리더십은 한마디로 소통의 리더십이다. 국민들과 소통하지 않는 리더십은 곧바로 독재자가 될 수밖에 없는 시대를 우리는 살아가고 있는 것이다. 소통의 리더십은 국민들의 참여를 이끌어 낼 뿐만 아니라 매우 효율적이다.

얼마 전 영면한 애플의 전 CEO 스티브 잡스는 이메일을 통한 고객과 소통을 즐기는 것으로 밝혀져 실제 스티브 잡스의 이메일을 받은 고객들이 감동받기도 하였다고 한다. 이처럼 소통의 리더십은 이젠 기업은 물론 어떤 조직에서도 가장 존중받는 리더십이 되고 있다.

특히, 모바일과 SNS로 대변되는 제3공간의 시대에서는 실시간으로 소통을 주고받고 있다는 점에서 소통은 생존을 위한 리더십이라고도 할 수 있다. 소통하지 않은 리더십은 곧바로 불통의 리더십, 권위적인 리더십으로 평가받을 뿐만 아니라 일방적이고 독선적 리더십으로 자리 잡게 될 수밖에 없다.

더욱 충격적인 사실은 지난 11월 문화일보 창간 20주년 여론조사에서 차기 대통령이 갖춰야 할 가장 중요한 덕목으로 '국민과의 소통 능력'을 꼽았다. 이번 조사에서 '차기 대통령이 갖춰야 할 가장 중요한 덕목이 무엇이냐' 는 질문에 전체 응답자의 42.7%가 '국민과의 소통 능력'을 선택했다. '국민 통합 능력'을 꼽은 응답자는 25.3%로 두 번째로 많았다. 반면에 '강한 정책 추진력'과 '강한 개혁 의지'를 선택한 응답자는 각각 12.2%, 10.5%에 그쳤다.

전체 응답자의 3분의 2에 해당하는 68.0%가 '소통과 통합을 선택한 반면, 결단력과 카리스마에 대한 선호는 22.7%에 불과하다. 이처럼 수평적이고, 열린 소통의 리더십만이 국민들을 통합할 수 있으며, 실제 국민들이 선호하고 지지하는 리더십이라는 점을 확인할 수 있었다.

반면에 과거의 수직적이고 카리스마형의 리더십은 과거의 개발독재 시대에 어울리는 리더십일 뿐만 아니라 이런 리더십을 가진 지도자가 선출될 경우에는 국민들과 충돌하고, 국민들을 분열시키고 말 것이다. 지금 이명박 정부처럼 반대하는 국민의 목소리를 귀담아듣지 않고 일방적으로 30조 원을 4대강에 쏟아부었다. 이 때문에 국론은 분열되고, 반대하는 국민들은 깊은 상처를 받게 되었다.

이제 나를 따르라는 식의 수직적이고 일방적인 리더십은 통하지 않는다. 국민들의 의견을 경청하고, 소통하며, 충분한 토론을 거쳐 합의해 가는 수평적인 리더십만이 미래 사회의 지도자가 될 수 있다. 아니 그런 리더십을 갖춘 지도자만이 생존하는 시대가 온 것이다.

제3정당론

―국민은 5천만 명의 안철수를 원한다

현 시대
민심을 읽는다

탈이념의 시대를 살다

지난번 한겨레에서 조사한 이념 성향 결과다. 이명박 정권 이후 중도 성향이 늘어난 점이 의외다. 보수층은 점진적 하락세고, 진보층은 2007년 상승 이후 정체 상태이다. 그런데 이 조사에서 매우 중요한 다른 조사 문항 결과가 있다.

정책에 대한 일관성을 기준으로 한 객관적 이념 성향 조사에선 국민 절반(51.7%)이 사안에 따라 유연한 태도를 취하는 '이념적 혼재층'으로 조사됐고, '일관된

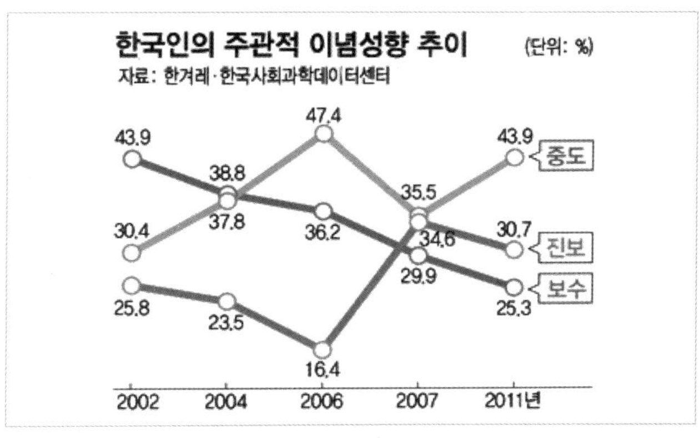

한국인의 이념 성향(한겨레신문, 2011. 5. 15)

진보'(27.0%)가 '일관된 보수'(21.3%)보다 많았다. 5차례 조사에서 모두 '이념적 혼재층'이 가장 많았고, '일관된 진보'가 '일관된 보수'보다 많았다.

지난 10년간 대한민국 국민들은 이처럼 이념적 혼재층이 국민의 절반을 넘었다는 사실이고, 앞으로도 지속적으로 증가할 것이라는 점이다. 이념적 혼재층이 증가하는 가장 큰 이유는 진보나 보수에 대한 이념만으로 현실과 가치를 판단하는 데 근본적인 한계를 갖고 있기 때문이다.

이처럼 중도층은 사안에 따라 유연한 태도를 취하는 이념적 혼재층과 비슷하고, 국민의 과반수를 넘고 있다는 점에서 내년 권력 교체기를 앞둔 총선과 대통령 선거에서 승패를 좌우하는 주도적인 역할을 할 것으로 보인다.

이 같은 이념적 혼재층의 증가는 정보사회의 일반적 특징 중의 하나로 보는 게 옳다고 본다. 특정 이념에만 집착해서는 실시간으로 급변하고 있는 정보사회를 유연하게 바라볼 수 없다는 점에서 시간이 지날수록 이념적 혼재층의 증가는 더욱 증가할 것으로 보인다.

탈지역주의 시대를 살다

지난 2011년 10월에 조사된 문화일보 창간 20주년 여론조사 결과를 보면 '한국 사회가 안고 있는 가장 심각한 갈등이 무엇이냐' 는 질문에 '계층 갈등' (40.0%)이라는 응답이 '지역 갈등' (22.7%), '세대 갈등' (17.8%), '이념 갈등' (15.1%) 등을 압도했다. 먹고사는 문제가 국민들의 관심사로 부상하면서 과거의 이념 · 지역 갈등이 약화된 셈이다.

이 조사 결과만을 놓고 보면 계층 갈등이 아주 높게 나타났으나, 세대 갈등이나 이념 갈등 또한 지역 갈등 못지않게 사회 갈등의 한 축을 형성하고 있다는 점에서 우리 사회 전체를 놓고 보면 지역 갈등이 예전보다 뚜렷하게 약화되고 있다는 조사 결과로 분석할 수가 있다.

또한, 지난 2010년 2월에 발표된 대통령 소속 사회통합위원회의 '사회통합국민의식조사' 조사 결과를 보면 현재 사회 통합에 가장 부정적 영향을 미치는 사회 갈등 요인과 관련, 계층 갈등에 대해 '심한 편' 혹은 '매우 심한 편'이라는 응답(복수 응답)이 전체의 76.5%로 가장 많았다. 이어 이념 갈등에 대해 '심하다'는 응답이 68.1%로 그 뒤를 이었으며 ▲노사 갈등 67.0% ▲지역 갈등 58.6% ▲환경 갈등 57.8% 등의 순으로 나타났다.

이 조사에서는 노사 갈등이 지역 갈등보다 더 높게 나왔고, 환경 갈등 또한 지역 갈등와 비슷한 수치의 지지율을 나타내 한국 사회가 다양하고 복합적인 사회 갈등

구조를 나타내고 있다는 점에서 첨예했던 지역 갈등이 약화되고 있다는 사실을 잘 알 수가 있다.

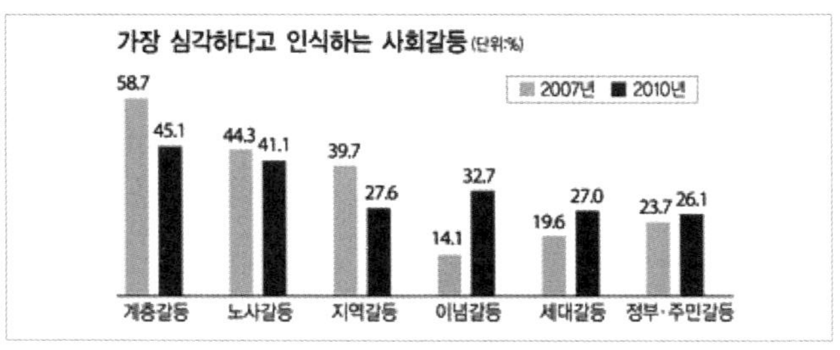

가장 심각하다고 생각하는 사회 갈등(경향신문, 2011. 2. 23)

이 조사에서도 계층 갈등이 가장 높았고, 지역 갈등이 낮은 것으로 나타났다. 고려대 한국사회연구소가 사회 조사 전문회사 리서치21에 의뢰한 2007년의 1차 조사 는 그해 11월에 제주도를 제외한 전국 15개 시·도에서 20~59세 성인 남녀 1,500명을 면접조사했다. 2차 조사 는 한국리서치에 의뢰해 2010년 12월 전국 15개 시·도 20~59세 성인 남녀 1,027명을 면접조사했다.

조사 결과 한국인이 생각하는 가장 심각한 사회 갈등 은 계층 간 갈등으로 나타났다. 2010년 조사에서 주요 한 사회 갈등 두 가지를 선택하라고 했을 때 계층 갈등을 선택한 비율은 45.1%였으며 이어 노사 갈등, 이념 갈등, 지역 갈등, 세대 갈등 순이었다. 계층 갈등과 지역 갈등이 가장 심각하다고 응답한 비율은 2007년과 2010년 각각 58.7%에서 45.1%, 39.7%에서 27.6%로 감소했다. 반면 이념 갈등과 세대 갈등이 가장 심각하다고 응답한 비율은 각각 14.1%에서 32.7%, 19.6%에서 27%로 눈에 띄게 증가했다.

국민이 느끼고 판단하고 있는 여론의 지표만으로 본다면 지역 갈등이 과거에 비해 약화되고 있다는 조사 결과가 지속적으로 나타나고 있다는 점에서 매우 긍정적이다.

또한, 이 같은 지역주의의 약화는 지난 지방선거에서도 뚜렷하게 나타났다. 경남도지사 선거에서 무소속 출신 야권 후보가 최초로 당선되었다. 또한 민주당 출신 후보가 충남도지사와 강원도지사에 당선되는 이변을 낳았다. 지난 지방선거 방송사 출구조사 결과 서울시장과 경기지사 선거에서 20, 30, 40대는 야당 후보에게 54~68%의 지지를 보낸 것으로 나타났다.

이 같은 지난 지방선거 결과는 지역주의가 약화되고 있다는 구체적이면서도 최초의 사례라 할 수 있다. 최근 10월에 치뤄진 서울시장 재보궐 선거 결과에 대한 출구조사 여론조사를 보면 지역 갈등보다는 세대 갈등이 뚜렷하게 나타난 것처럼 보인다. 20대와 30대에서 70% 안팎의 압도적인 야권 후보 지지율을 보면 최소한 2040세대에게 만큼은 지역주의가 특별한 영향을 미치지 못하고 있다는 사실을 반증하고 있다.

무당파 시대를 살다

무당파의 실체에 대하여 논란이 많았다. 왜냐하면 정당정치 중심의 사회에서는 무당파는 사실상 현실 정치와 관련 없는 제3자였기 때문이다. 또한, 과거 어떤 정당이나 후보도 무당파의 힘을 기반으로 정치 세력화에 성공한 경우는 없었기 때문이다.

그렇게 무당파는 존재하지만 존재의 가치도, 파괴력도 없는 그저 여론조사에만 떠도는 실체 없는 유령에 불과했다. 하지만, 무당파는 안철수 신드롬과 함께 정치권력의 전면에 나타나면서 엘리트 정치권력들을 떨게 만들었으며 지난 서울시장 선거를 전후로 실체를 드러낸 무당파의 파워에 모두가 충격을 멈추지 못하고 있다.

국민일보와 GH코리아가 지난 9월 13일 실시한 '추석 민심 여론조사'에서는 광범위한 무당파의 존재가 확인됐다. '기존 정당 외에 제3의 정당이 필요하다고 보느냐'는 질문에 '필요하다'는 응답이 46.8%로 '필요하지 않다'(42.9%)보다 많았다. 정당 지지도 조사에서도 '지지 정당 없음'이 무응답을 포함해 42.5%나 나왔다. 한나라당(32.6%)이나 민주당(21.3%) 지지도보다 월등히 높다.

연령대별로 보면 젊은 층의 무당파 경향이 두드러진다. 20대(만 19〜29세) 65.2%, 30대 58.9%, 40대 41.6%, 50대 40.8%, 60대 이상 26.1% 등 젊을수록 제3의 정당이 필요하다는 의견이 많았다.

지지 정당이 없다는 답변 역시 20대 48.0%, 30대 52.2%로 20〜30대에서 평균치를 상회했다. 특히 40대, 50대, 60대 이상에서도 '지지 정당 없음'은 30%가 넘어 지지 정당 부재가 젊은 세대만의 문제가 아니라는 걸 보여 준다.

지역적으로는 서울에서 제3의 정당이 필요하다는 답변이 53.2%로 가장 높았고, 대학 재학 이상 학력(61.4%)과 화이트칼라 직업군(61.7%)에서는 60%를 넘어섰다. 대도시에 사는 20~30대 고학력 화이트칼라 계층이 대거 무당파군(群)을 형성하고 있음을 의미한다.

다음 조사 결과는 무당파가 한국 정치권력의 중심에 서 있다는 최초의 조사 결과라 할 수 있을 만큼 매우 의미 있고 충격적인 데이터를 보여 준다.

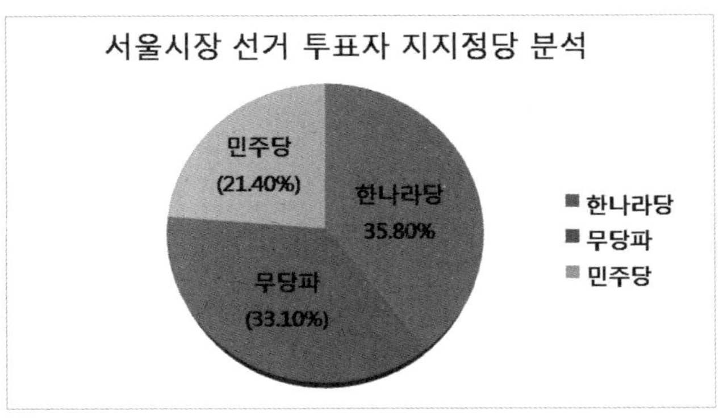

서울시장 선거 투표자 지지정당 분석(아산정책연구원, 2011. 11. 10)

실제 서울시장 재보궐 선거에서 무당파층의 압도적인 지지로 야권 후보를 당선시켰다는 의미 있는 조사 결과가 발표된 것이다. 지난 11월 10일 아산정책연구원은 '여론조사 세미나'에서 서울시장 선거 투표자 1,194명을 대상으로 설문조사한 결과, 무당파가 33.1%(396명)로 조사됐다고 밝혔다. 한나라당 지지자는 35.8%(427명)로 무당파보다 조금 많았고 민주당 지지자는 21.4%(255명)에 그쳤다.

연령별로는 이들 무당파 가운데 20~30대 비율이 51.5%로 절반을 웃돌았고, 학력별로는 대학 재학 이상 고학력자가 78.4%를 차지했다. 무당파층은 내년 대선에서도 비한나라당 후보에게 투표하겠다는 응답이 압도적으로 많은 것으로 알려졌다.

이처럼 무당파층의 실체가 가시적으로 드러났다는 점에서 매우 의미 있는 정치 세력의 등장을 예고하고 있다. 그런데 실제 추정되는 무당파층의 비율은 훨씬 더 클 것이라는 점에서 기존 정당을 중심으로 하는 지지층과 새로운 제3정당을 지지하는 지지층과의 대결 구도

마저 예상된다.

　현재 여론조사의 가장 큰 문제점은 KT전화번호에 등재된 가구를 중심으로 조사되고 있고, 인터넷 전화를 사용하고 있거나 아예 집 전화가 없는 세대들의 비율이 최소 10~15% 내외이며, 이들 세대들의 여론은 전혀 반영되고 있지 않다는 점과 더불어 전화 여론조사의 성공률이 30% 이하라는 점에서 여론조사에 응하는 면접원과 응하지 않는 면접원보다 정치나 정당에 훨씬 더 적극적일 것이라는 점을 감안한다면 실제 기존 정당을 지지하는 국민들은 30% 안팎일 것으로 추정해 본다.

　이러한 추정을 전제로 한다면 기존 정당을 지지하지 않는 무당파층은 전체 국민의 70% 내외로 볼 수 있으며, 이들이 투표에 참여하거나 정치에 참여할 경우 대한민국은 이들의 선택에 모든 운명을 맡겨야 할 정도로 압도적으로 많은 잠재적인 지지층을 갖고 있는 것이다.

　실제 선거여론조사 결과를 보면 전화 여론조사 결과와 모바일 여론조사 결과 심하게는 20% 이상 오차 범위를 넘은 큰 폭의 차이가 나는 경우를 종종 볼 수 있다. 이 같은 오류는 바로 모바일 여론조사에서 무당파층의 여론이 포함되기에 야권에게 유리한 결과가 자주 나오는 이유 중의 하나이다.

이들 무당파층이 정치에 무관심한 가장 주된 이유는 기존 정당에 대한 불신이 가장 크다는 점과 자신들이 나서 봐야 달라질 것이 없다는 무력감이 주된 원인이었다. 하지만 최근에는 안철수 신드롬을 일으키고, 서울시장 선거를 이들의 손으로 당선시키면서 현실 정치에 대한 참여 욕구가 아주 강한 것으로 알려져 있다.

앞으로 이들의 정치 참여 여부는 이들의 민의를 담아낼 수 있는 새로운 정당, 그리고 이들과 소통하는 새로운 지도자가 누구이냐에 따라서 얼마든지 현실 정치에 참여할 것으로 보인다.

현 시기 정세에 대한 분석

흔들리는 박근혜 대세론, 하지만 더 견고해지고 있다

안철수 교수가 등장하기 전까지 박근혜 대세론은 단 한 번도 흔들린 적도 없었고, 흔들릴만한 여지조차도 없었다. 박근혜 전 대표는 영남권은 물론 충청권에서도 높은 지지율을 유지하면서 견고한 지지층을 쌓아 갔다.

박근혜 대세론이 기존의 대선에서 보여 준 다른 후보들의 대세론과는 질적으로 다른 차이를 가지고 있다는 사실에 주목해야 한다. 우선 4년 가까이 30% 안팎의 견고한 지지층을 유지해 왔고, 지난 대선 경선 승복 후 여권 내 숱한 탄압을 받으면서 재도전하고 있다는 점에서 동정론까지 가세되고 있어 과거의 대세론을 앞세운 후보들과 단순 비교하는 것은 잘못된 분석이다.

그런 점에서 지금 흔들리고 있는 박근혜 대세론은 일시적일 수도 있고, 깊게 균열이 갈 수도 있지만 다른 한편으론 지지층이 더 견고해지고 있는 것도 사실이다. 이 같은 사실은 그동안 조사된 여론조사를 보더라도 잘 알 수 있다.

지난 9월 이후 조사된 박근혜 전 대표와 안철수 교수와의 가상 대결을 보면 야권의 호재가 있을 때는 안철수 교수에게 소폭 지는 것으로 나타나지만 빠른 시일 내로 지지율을 회복하여 안철수 교수와 비슷하거나 이기는 조사 결과가 나오기도 한다. 이 같은 현상은 고정 지지층이 견고하다는 것을 의미하여 빼앗긴 중도 성향의 지지층을 다시 흡수하는 양상을 반복해서 보여 주고 있다.

다시 말해 박근혜 전 대표는 양자 대결 구도만을 놓고

본다면 최소 40%는 고정 지지층으로 보아도 무방할 정
도로 견고한 지지층을 갖고 있다. 반면에 안철수 교수
는 현재의 지지율만 놓고 보면 최소 35%는 고정 지지층
으로 볼 수 있으나 추후 검증 과정 등을 통해 추가 하락
할 수 있는 가능성이 있어 단정 짓기는 어렵다.

이처럼 박근혜 대세론이 흔들리고는 있지만 현재의 지
지층 여건으로만 놓고 보면 박근혜 전 대표가 유리할 수
있다는 점에서 여전히 박근혜 대세론은 현 시기 정세를
바라보는 중심축의 하나로 보는 게 맞다는 생각이다.

또한, 처음으로 박근혜 대세론이 흔들렸지만 여권 내
다른 대선 후보들의 지지율이 한자릿수에 머물고 있다
는 점에서도 사실상 박근혜 대세론은 여전히 당 안팎에
서 맹위를 떨치고 있고, 야권의 다양한 후보들과 맞서
면서 대응력과 내성을 키워 가고 있다는 점에서도 장기
적인 관점에서는 유리한 측면도 존재한다.

서울시장 선거 결과는 여야 모두에게 치명상을 주었다

현상적으론 이명박 정권과 한나라당이 이번 서울시장 선거 결과의 최대 피해자로 알려져 있지만 한나라당만큼 민주당도 이번 서울시장 선거 결과의 최대 피해자 중의 하나이다. 왜냐하면, 서울시장 야권 후보 경선에서의 패배는 명백하게 민주당에 대한 유권자들의 심판이었다는 점에서 민주당이 직면한 위기의 심각성을 잘 알 수 있다.

만약, 조직력이 승패를 좌우하는 국민경선에서 압도적으로 이겨 민주당 후보가 당선되었다면 한나라당 후보에게 패배했을 가능성도 존재한다. 왜냐하면 서울시장 선거에 투표했던 33%에 해당되는 무당파층의 참여가 줄어들었을 가능성이 높기 때문이다. 이 문제를 조금 더 구체적으로 살펴볼 필요가 있다. 여론에서 앞선 박원순 후보가 조직 동원 선거에서 패배해 최종 경선에서 졌을 경우 민주당은 변화를 바라는 시민들에게 좌절의 아픔을 안겨 주면서 역풍을 맞았을 것이다.

물론, 야권 심판론에 더 가치를 둔 시민들의 참여로 민주당이 이겼을 가능성도 있지만 이겼을 가능성보다는 패배했을 가능성이 더 높았을 것이다. 이처럼 민주당은 야권의 제1당이지만 국민들로부터 뿌리 깊은 불신을 받고 있다는 사실을 이를 서울시장 선거에서 확인하게 되었다. 민주노동당도 마찬가지다. 서울시장 경선에서 보여 준 민노당 후보의 지지율을 보면 그 답이 나와 있다.

특히, 배심원단의 지지율은 1.5%로 충격적이다. 민주노동당 정당 지지율보다 더 적게 나온 것이다. 물론 후보의 인지도나 자질론도 영향이 있겠지만 민주노동당이 우리 사회에서 대안 세력으로 전혀 평가받고 있지 못하다는 매우 중요한 사례이기도 하다.

그런 점에서 이번 서울시장 선거 결과는 여야의 모든 정당들에게 패배의 아픔은 물론 근본적인 불신을 표출했다는 점에서 기성 정당들에겐 치명적인 상처가 되었을 것이다.

변화의 중심 세력이 된 2040세대의 힘이 기대된다

지난 서울시장 재보궐 선거에 대한 방송 3사 출구조사에서 박원순 후보는 20~40대 젊은 층에서 압도적인 지지를 얻었다. 박 후보는 20대에서 69.3% 지지를 받았고 30대에선 무려 75.8% 지지를 받았다. 40대에서도 박 후보가 66.85%라는 높은 지지를 받았다.

이 같은 압도적인 지지는 앞으로 다가올 총선과 대선에서 더 큰 파괴력을 가져올 것으로 전망된다. 그 이유는 이번 서울시장 재보궐 선거의 투표율이 48.6%였다면 내년 총선과 대선에는 이보다 더 높은 투표율이 예상되기 때문이다. 투표율이 높아질 경우 5060세대의 투표율보다 이들 2040세대의 투표율이 더 높아질 것이고 그렇다면 이들 2040세대의 파괴력은 더욱더 커질 수밖에 없기 때문이다.

특히, 2030세대는 과거 낮은 투표율로 인해 영향력이 상대적으로 다른 세대들보다 적었다는 점에서 이들 세대의 높은 투표율은 곧바로 선거 혁명으로 직결될 것이라는 점에서 향후 대한민국의 정치 혁명의 중심 세력으로 부상하였고, 그 힘을 지난 10월 서울시장 선거에서 충분하게 보여 주었다.

재미있는 사실은 이들 2040세대가 진보 성향보다는 중도 성향이 더 많다는 사실이다. 한겨레와 한국사회여론연구소(KSOI)가 지난 10월 29일 실시한 여론조사 결과를 보면, 이들 세대 가운데 자신의 이념 성향이 '보수'라고 생각하는 이들이 10명 가운데 1~2명에 불과했다. 30대는 10.9%에 그쳤고, 40대는 18.3%, 20대는 25.7%였다. '진보'라는 응답보다는 '중도'가 많았다. 20대는 중도라는 응답이 40.5%, 진보라는 응답이 29.9%였다. 30대 역시 중도(48.3%)가 가장 많았고, 진보는 36.9%였다. '486세대'인 40대는 진보(39.6%)와 중도(39.0%)가 비슷했다.

이들은 앞서 분석했던 것처럼 이념적 혼재층이 많아 자신을 중도라고 생각하지만 정치적으론 개혁적인 선택과 행동에 나설 것이 분명하다. 왜냐하면, 기존 정당들이 자신들을 대변하지 않고 있을 뿐 아니라, 앞으로도 엘리트 정치인들만의 기득권 지키기에 연연할 것으로 판단하고 있기 때문이다.

대다수의 언론과 정치평론가들은 최근에 부각되고 있는 2040세대들에 대하여 경제적 불안감이나 고용 불안 등이 기존의 정당정치에 대한 불신이 높아진 가장 큰 원인으로 보고 있으나 이는 코끼리의 다리만 만지고 기둥이라고 말하는 격이다.

만약, 그런 분석이 맞는다면 2040세대들은 단지 새로운 리더나 정당들의 정책 변화에 더 큰 기대를 갖고 만족할 것이다. 하지만, 2040세대가 분노하는 본질은 민의를 왜곡하고, 변질시키면서 자신들의 기득권에만 안주하고 있는 무능하고, 부패한 정당정치 세력들에 대한 분노이다.

그래서 이들 세대는 안철수에 만족하지 않고, 안철수 신당을 요구하고 있는 것이다. 단지, 경제적인 불만, 사회적인 불만이 원인이 아니라 대의민주주의 체제에서 필연적으로 발생할 수밖에 없는 민의의 왜곡과 소수의 엘리트 권력의 폐해를 더 이상 두고 보지 않겠다는 분노의 저항인 것이다.

결론적으로 향후 정세는 2040세대의 힘만으로도 다음 총선과 대선에서 이길 수 있는 변화의 중심 세력이 되었다는 사실을 주목해야 한다. 20대의 투표율이 더 높아지고, 40대의 야권 지지율이 더 높아질 경우 2040세대가 선택한 정당과 리더가 대한민국을 대표하는 지도자와 대표 정당이 될 수 있다는 사실이다. 기존 미디어를 압도하고 있는 나꼼수의 주요 소비층이 2040세대라는 점만 보더라도 이는 결코 허언이 아니다.

2040세대의 선택, 그리고 이들의 동향이 앞으로 대한민국의 미래와 운명을 결정지을 것이다.

민심은 안철수와 더불어 제3정당을 요구하고 있다

이번 서울시장 선거의 가장 큰 특징은 무소속 박원순 후보 대 한나라당 나경원 후보의 대결 구도가 아니라 박근혜 전 대표와 안철수 교수의 대리전 성격이 뚜렷해

졌고, 이를 언론이 확대 쟁점 보도하면서 실제 차기 대
선 후보의 대리전 양상으로 선거전이 진행돼 왔다.

　실제 서울시장 선거 이후 발표되고 있는 여론조사 결
과를 보면 적게는 5% 내외에서 많게는 9%에 가까운 차
이를 내며 안철수 교수가 박근혜 전 대표를 이기고 있
는 것으로 나타나 박근혜 대세론에 큰 상처를 주고 있
다. 이 같은 대선 구도의 변화는 내년 총선에서 낡은 정
당 대 새로운 제3정당 간의 총선 구도로 전환될 가능성
도 높여 주고 있다.

　여론조사 전문기관 리얼미터의 지난 10월 넷째주 주
간 정례조사 결과, 안철수 교수가 재보궐 선거 전인 지
난 주 대비 4.8%p 상승한 26.3%를 기록, 2.8%p 하락한
박근혜 전 대표를 0.2%p 격차로 앞서면서 선두로 올라
서면서 다자 간 대결에서도 오차 범위 내에서 앞선 결
과가 발표돼 충격을 더해 주었다.

　안철수 교수가 서울시장 후보로 거론되던 초기에는
안철수 교수에 대한 지지율에 대하여 거품 논쟁이 있었

지만 지난 서울시장 재보궐 선거 결과를 계기로 지지율에 대한 실체가 확인되었고, 거품의 주체가 안철수 교수가 아니라 반대로 기존 정당의 지지율이 거품일 수 있다는 의문마저 제기되는 상황이다.

왜냐하면 서울시장 재보궐 선거 직후 안철수 신당에 대한 지지율이 여야를 모두 젖히고 1위를 하고 있다는 믿기지 않는 여론조사 결과 때문이다. 지난 11월 11일 발표된 동아일보 · 코리아리서치 조사에서는 '안철수 신당'의 내년 총선 지지율이 36.2%로 한나라당과 야권을 제치고 1위를 하였다. 이 조사 결과는 여론조사 샘플 수가 4,000개일 뿐만 아니라 모바일 방식과 전화조사 방식이 혼합된 조사 결과라는 점에서 신뢰도가 더 높다는 점에서도 그 결과가 충격적이다.

일주일이 지난 여론조사에서도 안철수 신당은 높게 나타났다. 매일경제와 MBN이 지난 11월 18~19일 이틀간 공동으로 실시한 여론조사에서는 안철수 교수와 박원순 서울시장이 주도하는 신당이 창당하면 지지할 것이냐는 질문에 응답자 43.0%가 지지할 것이라고 답했다. 반면 지지하지 않을 것이라고 답한 사람은 39.8%였다.

이런 추세라면 안철수 신당에 대한 여론이 일시적인 거품이 아니라 구체적인 지지 기반을 형성할 가능성이 높다. 실제 안철수 신당이 창당될 경우 인물이나 조직력 등의 조건을 감안한다면 지역구 선거에서는 제1당을 할 가능성이 높지 않을 수는 있으나 비례대표를 뽑는 정당투표에서는 1등할 가능성이 매우 높다고 본다.

이처럼 안철수 개인에 머무르지 않고 안철수로 대표되는 안철수 신당에 대한 지지율이 여야를 누르고 1위를 하고 있다는 점은 비록 여론조사만의 결과이긴 하지만 한국 정치사에 있어 전무후무한 민심의 표출이라는 점에서 새로움을 넘어 충격 그 자체로 받아들여지고 있다.

이는 국민들이 기존의 정당정치에 대한 불신과 더불어 대안을 요구하고, 모색하고 있다는 반증으로 새로운 민주주의로 가는 전환기의 길목에서 낡은 정당정치 세력과의 마지막 대회전을 예고케 하는 징후로도 보여진다.

혁신 없는 야권 통합은 시대정신의 역류

이번 서울시장 재보궐 선거 결과의 핵심 메시지는 낡은 정당의 기득권을 버리고, 참여와 변화를 갈망하는 국민들을 조직화하고, 통합하라는 것이다. 그 길이 야권이 내년 총선과 대선에서 승리할 수 있는 유력한 방안이라는 사실을 국민들은 투표를 통해서 메시지를 확실하게 보냈다.

다시 말해, 서울시장 선거는 야권 연대의 효과가 정당 혁명의 희망과 연결될 때 비로소 나타난다는 것을 보여주었다. 정당 혁명, 소통의 정치에 대한 희망과 연결되지 않는 야권 통합, 연대로는 한나라당을 깰 수 있는 파괴력이 극히 부분적일 수밖에 없다.

그러므로 우리의 결론은 정당 혁명을 통한 시민의 결집을 절대적인 상수로 놓고 이 힘을 바탕으로 진행되는 야권 통합, 연대를 변수로 설정해야 하는 게 옳다.

하지만, 민주당은 여전히 기득권을 놓고 내부 대립 중

이고, 혁신과 통합은 혁신보다는 통합에 방점을 두고 통합만을 위한 추진 일정을 서두르고 있다. 또한, 진보 정당들은 각각의 이해관계를 중심으로 다시 헤쳐모이는 소통합을 추진하고 있다.

결국 기존 정당들은 새로운 정치 혁신, 정당 혁신을 위한 방안과 민의를 모으기보다는 낡은 정당들의 통합에만 몰두하고 있는 것이다. 이는 명백하게 서울시장 선거 결과에서 보여 준 민심에 대한 배반이며, 시대정신에 대한 역류라 할 수 있다.

지난 서울시장 선거에서 우리는 야권 연대를 통해서 얼마든지 승리할 수 있다는 선거 결과를 보여 주었으며, 지난 지방선거에서도 경남에서 야권 연대를 통해 무소속 후보가 당선되었다. 굳이 기존 정당들과의 통합을 무리하게 추진하지 않더라도 얼마든지 야권 연대를 통한 후보 전략이 승리할 수 있다는 사실을 알고 있음에도 기존 정당들 간의 통합에만 몰두하고 있는 것은 민의를 잘못 읽고 있는 것이다.

지금은 야권 통합을 서두를 때가 아니라 왜 기존 정당들이 민의를 대변하지 못하고 있는지에 대하여 성찰하고, 방안을 찾아야 할 때이다. 그렇지 않고, 기존의 낡은 정당들의 통합만으로 정권 교체가 가능하다고 생각한다면 이는 잘못된 생각이다. 이런 방식의 야권 통합은 결과적으로 기존 정당들의 기득권만 지켜 주고 말 것이다. 그렇다면 여기에 실망한 2040세대와 무당파층은 참여를 주저하게 될 것이고, 결국 지지층이 튼튼한 여당이 내년 권력 교체기에서 치러질 선거에서 승리할 가능성이 높아질 것이다.

야권이 승리하는 길은 참여 민주주의라는 시대정신을 받아들여, 정당 혁명의 길로 나서는 것이다. 어떤 길이 당면한 정권 교체를 승리로 이끌고 대한민국의 민주주의를 발전시켜 나가는 길인지 냉정하게 곱씹어 봐야 할 때이다.

왜 제3정당이
필요한가?

무당파층을 대변할 정당이 필요하다

국민의 50%가 넘는 무당파층을 대변할 수 있는 정당이 필요하다. 기존 정당들은 구조적으로 이들을 대변할 수가 없다. 당리당략과 폐쇄적인 정당 운영으로 국민의 신뢰를 져버린 지 오래다. 정당에 대한 불신이 얼마나 뿌리 깊은가는 이미 앞선 여론조사에도 충분하게 검증되었다고 생각한다.

정당이란 개념을 국민을 대신하고, 대리하는 존재가 아니라 국민의 참여를 지원하고, 도와주는 개념으로 전환되지 않는 한 무당파층은 기존 정당들을 신뢰하지 않을 것이다. 다시 말해 대의민주주의와 엘리트 민주주의론을 폐기하지 않는 한 기존 정당들은 국민의 신뢰를 다시 회복하지 못할 것이다.

무당파층을 대변해 줄 정당이 존재하지 않는다면 이들 무당파층은 다시 역사의 바깥으로 나가 구경꾼으로 전락할 것이다. 이들을 역사의 주체로 내세우기 위해서는 반드시 이들을 대변해 주고, 이들이 지지하고 선택할 수 있는 제3정당이 반드시 필요한 것이다.

대안을 만들지 않고 정치에 참여하라는 것은 먹기 싫은 음식을 강제로 먹이는 폭력적 행위와 본질적으로 무엇이 다른가. 무당파층이 정치에 참여할 수 있는 유일한 방안을 이들의 지지와 신뢰를 얻어 낼 수 있는 제3정당과 지도자가 반드시 필요하다.

2040세대를 대변할 정당이 필요하다

지난 11월 7일 한겨레 뉴스에 따르면 민주당 서울시

당원 가운데 20대(19~29세) 비율은 6.1%, 30대 비율은 13.3%에 불과한 것으로 나타났다. 이는 서울시 전체 유권자 가운데 20대와 30대의 비율 22.1%와 22.0%(2010년 통계청 자료)에 한참 못 미친다. 20대 당원 비율은 전체 20대의 4분의 1 수준이고, 30대는 절반을 약간 웃도는 정도에 그쳤다.

이처럼 민주당의 노령화는 결국 2040세대와의 단절로 이어졌고, 그 결과는 지난 서울시장 야권 후보 경선에서 무소속 후보에게 패배하게 되는 굴욕을 자초했다. 한나라당의 경우도 연령대별 당원 비율과 관련한 구체적인 통계는 공개된 적이 없지만 민주당과 비슷할 것으로 추정된다.

정치를 정당판에서 잔뼈가 굵은 노회한 정치인들의 전유물이라고 생각하는 한 기존 정당들은 2040세대를 대변할 가능성은 전혀 없다. 특히, 2030세대의 경우는 더더욱 그렇다. 한나라당이나 민주당은 차치하더라도 국민참여당의 경우만 보더라도 그렇다. 창당 초기 수천 명에 달하던 2030세대 당원들이 창당 2년도 안 돼 어디로 갔는지 대부분 소리 없이 사라졌다. 남은 거라곤 당헌에 설치가 규정돼 있는 청년위원회 조직만 남아 있다.

기존 정당들은 정치적 선택과 판단을 고도의 전략을 요하고, 보안이 필요하다는 이유로 소수 지도부의 전유물로 삼는다. 대의원이나, 당원들은 형식상 들러리에 불과할 뿐만 아니라 정당 경험이 적은 세대들의 정당 참여는 더더욱 기피한다.

그러다 보니 자신들을 대변해 줄 정당이 존재하지 않고, 이들은 스스로 조직화하여 정치 현장에 나서기도 한다. 2008년 촛불 항쟁이 그렇고, 대학생들의 반값 등록금 투쟁이 그렇다. 기존 정당들은 구조적으로 2040세대를 대변하지 못한다. 민주주의에 대한, 정당에 대한 그들의 세계관이 그렇다.

정당은 그들만의 것이고, 경험 없는 젊은 세대들이 함부로 참여하는 곳이 아니라고 생각한다. 그래서 2040세대를 진실로 대변해 줄 새로운 제3정당이 필요한 것이다. 제3정당은 2040세대가 중심이 되고, 그들이 참여로 전략과 정책을 결정하는 정당이 되어야 할 것이다. 그랬을 때만이 그들의 고민과 그들의 삶의 문제를 구체적으로 대변해 줄 수 있는 진짜 2040정당이 될 수 있는 것이다.

참여 민주주의를 대변할 정당이 존재하지 않는다

대의민주주의의 한계, 그리고 정당정치의 한계는 근본적으로 국정에 대한 국민들의 참여 의지를 꺾어 놓을 수밖에 없으며, 이는 곧 정당정치에 대한 불신으로 직결될 수밖에 없다. 사이버 공간과 참여 마케팅을 통해 이미 참여와 소통에 익숙해진 정보화 세대들은 참여 민주주의를 새로운 민주주의 이념으로 삼고 있다.

이 같은 참여 민주주의를 대변하고 실현해 줄 정당이 존재하지 않는다. 과거 국민참여당이 참여 민주주의를 실현하고자 대의기구를 없애고 창당을 하였지만 국민참여당 또한 참여 민주주의보다는 지도부 중심의 대의민주주의로 돌아서면서 결국 실패하고 말았다.

이처럼 참여와 소통을 핵심 가치로 삼는 참여 민주주의를 기존 정당들은 명백하게 거부하고 있다. 일부 진보 정당들조차도 강령에서 직접민주주의를 적극적으로 실현하고 도입하겠다고 말하지만 이는 강령이라는 활자에만 존재하는 선언에 불과하다.

진보신당의 경우는 조직 진로에 대한 당대회 표결에서 통합안이 부결되자 지도부를 중심으로 탈당하였고, 민노당은 당대회에서 부결된 국민참여당과의 통합 안건을 다시 변형하여 회부하려고 하는 등 근본적으로 지도부의 의지와 깃발을 관철시키는 하향식 정당들이다.

국민들은 자신들의 운명을 자신들이 직접 참여해서 결정하고자 한다. 이 같은 국민들의 참여 의지를 반영하고, 그들에게 정책 결정 권한을 돌려주는 참여 민주주의를 실현할 수 있는 정당이 필요한 것이다. 그래서 제3정당은 참여 민주주의를 대변하고, 실현할 정당이 되어야 할 것이다.

이념에서 자유로운 정당이 필요하다

한국전쟁을 겪었고, 여전히 분단 체제에 살고 있는 한국 사회에서는 여전히 이념 갈등이 존재하고 있지만 탈이념의 시대에서 이념만을 고집해서는 새로운 변화와 가치를 받아들일 수 없다. 또한, 특정 이념만을 집착해서는 다양한 국민들의 여론을 통합할 수도 없다.

앞선 여론조사에서도 나타났듯이 이념적 혼재층이 국민의 절반을 넘어서고 있다. 사안에 따라서는 보수적인 정책을 선택할 수도 있고, 진보적인 정책을 선택할 수도 있어야 한다. 이것은 중도 노선이 아니라 국민의 눈높이에서 국민과 함께하는 정당이라는 사실을 말하는 것이다.

이념이 중요한 것이 아니라 국민들의 요구와 선택이 가장 우선시되어야 한다는 점에서 제3정당은 이념에서 자유로운 정당이 되어야 한다. 그런 의미에서 백지 정당이라고 불리워도 좋다. 국민들이 참여하여 좌든, 우든 국민의 다수가 원하고 결정한다면 정당과 국가는 그런 국민의 결정에 따라야 한다고 생각한다.

이념이 절대적인 가치관이 되는 정당은 국민의 마음을 담을 수도 없고, 그렇다고 다른 이념과 가치관을 가진 국민들을 설득시키고 통합시킬 수도 없다. 중용이라 함은 중도 노선을 지키는 것이 아니라 좌와 우의 장점을 극대화시키는 것이 중용이라고 한다. 제3정당은 그런 점에서 바로 중용의 철학을 가치로 삼는 정당이 되어야 하며, 이 같은 정당이 국민들에게 반드시 필요하다.

국민과 소통하고, 국민의 참여를 가치로 삼는 참여 민주주의가 우리가 말할 수 있는 제3정당이 추구하는 유일한 이념이라면 이념이라 할 수 있을 것이다.

정당 혁명을 실현시키기 위해서는 제3정당이 불가피하다

문제는 정당이다. 정당을 중심으로 총선을 치루고, 대선을 치루고, 지방선거를 치른다. 지방선거는 차치해 두더라도 의회의 과반수를 얻지 못하면 정당이 자체의 힘으로 바꿀 수 있는 것은 하나도 없다. 특히, 낡은 정당들의 기득권을 타파하고, 새로운 민주주의 제도를 개

선하기 위해서는 국회 과반수를 얻어야 한다.

다시 말해 호랑이를 잡기 위해서는 호랑이 굴에 들어가야 한다는 것이다. 낡은 정당정치를 부수고, 낡은 민주주의 제도를 뜯어고치기 위해서는 의회권력이 반드시 있어야 한다는 사실이다. 역설적이지만 정당 혁명을 위한 제3정당의 창당은 그래서 불가피한 역사의 요청이다.

또한, 제3정당을 만들지 않는다면 아무리 훌륭한 지도자라 하더라도 낡은 정당들의 공격과 연대를 피해 가기 어렵다. 과거 노무현 전 대통령의 경우는 민주당 경선을 통해 선출되었는데도 불구하고 일부 당권파들로부터 후보를 사퇴하라는 어처구니없는 공격을 당했고, 대통령 시절에는 국회에서 탄핵안이 통과되는 전무후무한 역사적 사건이 발생하기도 하였다.

정말, 새로운 정치, 새로운 민주주의를 하겠다면 제3정당은 반드시 필요하다. 제3정당이 없는 정권 교체와 의회권력 교체는 권력 교체 그 자체만으로 만족하고 마는 비참한 결과를 초래할 것이다.

외국 사례를 통해서
본 제3정당의 가능성

독일 주정부 집권당이 된 독일 녹색당의 성공

독일의 녹색당은 환경, 평화주의 정당으로 1970년대 다양한 신사회 운동에 그 뿌리를 두고 탄생한 정당이다. 1980년 서독 연방 수준에서 녹색당으로 정식 창당되었다.

1983년 정당선호 투표에서 5.6%를 득표하면서 27명의 연방의원을 배출하게 된다. 이후 현재까지 10% 안팎의 지지율을 얻으며 성공적인 제3정당의 길을 걸어오던 녹색당은 올해 치러진 지방선거에서 이변의 주역이 되었다.

2011년 바덴뷔르템베르크 주의회 선거에서 사민당보다 1석을 더 얻어 녹적연정(녹색+사민)을 결성, 최초의 녹색당 주지사를 배출하였다. 주정부 집권당이 된 것이다. 이 같은 이변은 계속된다.

2011년 5월 22일 실시된 브레멘 주의회 선거에서는 최초로 기민당보다 의석수가 많은 원내 제2당이 되었다. 2011년 9월 메클렌부르크포어포메른 주 선거에서는 의석을 획득하여 사상 처음으로 모든 주의회에 의석을 가진 전국 정당이 되었다.

독일 녹색당은 2013년 9~10월로 예정된 연방 하원 선거를 당겨 조기 선거를 할 것을 주장하고 있으며, 차기 총리를 배출하는 것을 목표로 하고 있다. 지난 2011년 4월 6일 시사주간지 슈테른이 의뢰한 포르자연구소의 여론조사 결과에서 28%를 기록, 사민당과의 연정을 통해 집권할 가능성이 상당히 높게 나왔다.

이 같은 독일 녹색당의 성공은 외부적인 요인으로는 일본의 원전사태로 인한 반핵 여론의 확산과 독일의 50%에 해당하는 정당명부식 비례대표제도가 한몫한 것으로 평가되고 있다. 하지만, 현장에서 느끼는 성공 요인은 다른 데에서 찾고 있는 것 같다.

그것은 바로 상향식 민주주의, 즉 참여 민주주의가 독일 녹색당이 성공하게 된 실질적인 원동력이라는 주장이 있다.

환경운동가 최승국의 녹색정치 이야기에서 독일 녹색당의 성공 비결에 대한 내용을 일부 소개하고자 한다.

녹색당은 기본 구조부터 다른 정당과 차이가 분명했다. 즉 아래로부터의 민주주의 원칙을 철저하게 지키고 있다. 정당 내의 민주화가 핵심이며 주요 의사결정은 전당대회에서 투표로 결정한다. 당원들은 지도부에 지속적인 요구를 하며, 지도부가 제대로 하지 못하면 언제든 그만두어야 한다. 한국의 진보 정당도 비슷한 민주적 절차를 갖고 있지만 국민들에게 신선한 느낌을 주지 못하고 있는 것(후보 단일화와 통합

논의를 상상해 보자, 국민들이 이 과정에 대한 신뢰와 지지가 있을까?)이 독일 녹색당과의 차이가 아닐까!

녹색당은 당연한 듯해 보이는 정책도 당원의 의사를 물어서 결정한다. 최근 독일 정부가 2022년까지 모든 원자력발전소를 폐기하기로 결정했다. 일찌감치 원전 폐기를 주장해 왔던 녹색당으로서는 적극 환영할 일이지만 찬성 여부를 의회 표결 전에 당원들의 의사를 물을 예정이라고 한다. 한국의 정당은 물론이고 시민단체들조차 의사결정을 중앙당이나 운영위원회(또는 이사회)에서 진행하는 것과는 완전히 대조적이다. 우리가 꼭 배워야 할 점이 아닐까 싶다.

성공한 독일 녹색당을 위협하는 독일 해적당

뛰는 놈 위에 나는 놈이 있다면 그건 바로 성공한 독일 녹색당을 위협하고 있는 독일 해적당을 두고 한 말일 것이다. 독일 녹색당의 지지층과 비슷하다는 점에서 독일 해적당은 새로운 주목을 받고 있다.

독일 해적당은 지난 9월 18일 독일 베를린 주 지역선거에서 8.9%의 지지율을 얻어 베를린 주정부 의회 의석 총 149개 중 15석이나 차지했다. 지난 2006년 스웨덴에서 최초로 시작된 장난같아 보이던 해적당이 독일에서 꽃을 피우고 있는 것이다.

해적당(스웨덴어:Piratpartiet)은 지난 2006년 1월 1일 스웨덴에서 최초로 창당했다. 이 정당은 시민권과 자유권, 그리고 정보의 자유와 개인정보보호를 주장하고 있다. 그 외에 해적당은 스웨덴 저작권법의 개혁과 특허법의 철폐를 주장하고 있으며, 이를 위해 필요한 경우 세계무역기구와 맺은 조약의 일부를 해지해야 한다고 주장하고 있다. 이들의 주요 동원 대상은 인터넷 사용자, 특히 P2P사용자와 대학생들이다.

스웨덴 해적당을 모델로 여러 나라에서 해적당이 창당되었으며, 이들은 국제조직 해적당 인터내셔널에 소속되어 협력하고 있다.

해적당은 2006년 1월 1일 웹페이지 개설을 통해 창당했다. 해적당의 창당 과정에 대해 6단계로 나눠 웹페이지에 소개하고 있다. 첫째 단계는 2006년 선거 참여를 위해 유권자의 2,000명의 지지 서명을 받은 시기다. 당은 이 서명을 2월 4일(마감 시한은 2월 28일) 스웨덴 선관위에 제출했고, 이로써 2006년 스웨덴 총선에 참여할 수 있게 됐다.

둘째에서 다섯째 단계는 각각 선거관리위원회 등록과 의원 후보 공천, 투표용지 인쇄를 위한 모금, 선거운동조직 준비이다. 선거운동조직 준비 단계에는 인구 5만이 넘은 시군(2006년 당시 43개)의 지역선거조직을 꾸리는 것도 포함되었다.

여섯째 단계는 바로 선거였다. 해적당은 스웨덴 내에 파일 공유자들을 80만에서 110만으로 보고, 그중 최소한 22만 5천 명 정도(스웨덴 유권자의 4%)는 해적당에 투표해 스웨덴 의회에 진출할 수 있을 것이라고 주장했다. 하지만 2006년 9월 17일 실시된 스웨덴 의회 선거에서 34,918표(0.63%)를 득표해 의석 확보에 실패했다.

하지만, 2009년 4월 1일 개정된 유럽연합의 지적 재산권 강화 지침의 일환으로 파일 공유와 저작권 위반에 대한 처벌을 강화하면서 이에 반발로 해적당 당원수가 급증했다. 2009년 4월 17일 빗토렌트 포털인 파이러트 베이에 대한 판결 이후 해적당은 또다시 지지자와 당원이 급증했다. 판결 전 당원수가 1만 5천여 명이던 것이 판결 이후에는 4만여 명으로 늘어났다.

2009년 해적당은 유럽의회 선거에서 7.1% 득표해 유럽의회 의원으로 당선시킨다. 리스본조약이 비준을 받음에 따라 2009년 12월 스웨덴에 할당된 유럽의회 의석이 18석에서 20석으로 늘어나면서 22세의 안데르스도터가 추가로 유럽의원이 된다. 2010년 스웨덴 의회 선거에서는 38,491표(0.65%) 득표하는데 그쳐 의회 진출에 실패한다.

스웨덴의 해적당 모델은 국제적으로 퍼져 나갔다. 이웃한 핀란드를 비롯해 독일과 오스트리아, 스페인 등에서 해적당이 연이어 결성됐다. 지난 4월 브뤼셀에서 열린 해적당 국제 모임에서는 '해적당 인터내셔널'이 결성됐다. 인터내셔널의 누리집(www.pp-international.

net)을 보면, 소속 정당이 있는 국가는 미국·브라질 등을 포함한 22개국이었다. 이 가운데 유럽국가가 19개국이었다. 해적당 결성을 준비하고 있는 나라까지 포함하면 45개 국가에 이른다.

독일 녹색당은 지난 2009년 지방의회 선거에서 두 의석을 차지하기도 했으나 올해 치러진 지방의회에서 당당히 제5당이 되면서 독일 정가는 물론 국민들에게도 큰 충격을 준 것으로 알려졌다. 최근에는 사회 전반에 대한 어젠다까지 접근하면서 단일 어젠다 정당의 이미지를 극복하려고 하고 있어 녹색당과의 충돌이 일어나고 있는 것이다.

모두 다 독일에서 일어난 제3정당의 성공 사례이긴 하지만 이들 두 정당의 당원들이 서로 겹치고, 정치적 성향이 비슷할 뿐만 아니라 정당 운영이나 문화가 비슷하다는 점에서 독일의 변화는 매우 새로우면서도 충격적으로 다가오고 있다.

문화적, 사회적, 기술적 변화가 가장 빠르게 나타나고

있는 한국에서 제3정당의 출현과 성공은 독일보다 더 높을 수 있다는 점에서 가장 제3정당이 성공할 가능성이 높은 나라 중의 하나일 것이다.

제3정당은
이렇게 만들어져야 한다

참여와 소통을 핵심 가치로 하는 백지 정당이 되어야 한다

제3정당의 핵심 가치는 참여와 소통밖에 없다. 강령과 당헌, 그리고 정강정책은 모두 당원과 국민들의 참여로 하나하나 제안되고, 결정되어져 만들어진다. 백지 상태에서 당원과 국민들이 참여하여 결정하고 채워 나가는 것이다.

정강정책도 모두 다 결정해서 창당할 필요도 없다. 우리가 실천해야 할 우선순위만을 정해 매달 당원과 국민

들의 참여와 토론을 통해 결정해 가면 된다. 제3정당의
이념과 가치는 참여와 소통이 전부다. 나머지는 참여하
는 당원들과 국민들이 결정하고 실현해 가는 정당인 것
이다.

정당과 국민의 경계가 없는 오픈 정당이 되어야 한다

제3정당은 정당과 국민의 경계가 없는 정당이 되어야
한다. 다시 말해 당원과 국민의 경계가 없다는 것이다.
제3정당에서는 하루에도 여러 번 입당과 탈당을 자유
롭게 할 수 있으며, 이는 현재의 정당법상으로도 아무
런 문제가 없다. 공인전자인증 절차를 갖추기만 하면
당원들의 입당과 탈당 절차는 온라인상, 모바일상에서
얼마든지 가능하다.

또한, 당원의 권한과 국민의 권한의 차이가 사실상 전
혀 없다. 유일한 제한이 있다면 당의 합당과 해산에 관
한 결정을 할 경우에만 당원의 참여만으로 결정할 권한
을 주고자 한다. 이는 정당법상 당의 공식 대의기관의

의결을 반드시 거쳐야 하므로 다른 대안이 없다.

그러나 당헌에서 규정하는 모든 권한은 당원과 국민과의 차별을 두지 않고자 한다. 그러므로 법적 정당의 최소한의 자격 요건만 갖춘다면 굳이 정당의 당원이 되지 않더라도 별다른 문제가 없다. 정당에서 운영하는 홈페이지나 모바일 어플리케이션에 회원으로 가입하여 당원과 똑같은 권한을 행사할 수 있는 정당이 되는 것이다.

당비 납부의 경우에도 당원의 의무사항으로 두기보다는 자발적인 당비 납부와 국민의 정치 후원금으로 충당해야 한다고 생각한다. 당비조차 납부할 당원이 없어 정당을 운영하기 힘들 정도라면 그 당은 더 이상 존재할 가치가 없는 정당이 되었다는 점에서 과감하게 당의 해산 절차를 밟는 게 옳다고 본다.

또한, 당비를 납부하는 당원에게 사실상 정당 활동에 대한 막대한 권한을 주고, 당비를 납부하지 않는 당원에게는 참여의 권한을 현저하게 저해하는 기존의 정당 운영 방식이야말로 국민으로부터 정당이 멀어지게 되는 잘못된 폐단 중의 하나라는 생각이다.

 다만, 종이 당원의 문제점을 방지하기 위한 조치로 당원으로 가입하여 온오프 활동이 전혀 없는 당원이나 회원에 대해서는 당의 활동에 대한 참여 자격을 제한할 필요는 있다고 생각한다.

국민을 대리하는 정당이 아니라 국민의 참여를 돕는 도우미 정당이 되어야 한다

 이는 제3정당을 만드는 데 매우 중요한 창당 정신이자, 핵심 개념이 될 것이다. 이제까지 정당의 개념이 국민들을 대신하여 정치적 결사체를 결성하고, 국민의 지지를 얻어 집권하여 권력을 집행하는 조직이었다면 새로운 제3정당은 이 같은 국민의 권한을 대리하고, 대의하는 역할을 포기하고 국민의 참여와 국민의 정치적 의사 개진을 돕는 도우미의 개념으로 거듭나고자 한다.

다시 말해 권력을 대신하지 않고, 주권자가 직접 권한을 행사하고, 집행하는데 지원하고 도와주는 역할로 정당의 기능을 대신하겠다는 뜻이다. 이는 기존의 정당정치가 철저하게 대의민주주의를 기반으로 할 뿐만 아니라 엘리트 민주주의론을 지탱하는 실질적인 정치적 공간이었다는 점에서 근본적인 인식의 전환을 요구하고 있는 것이다.

국민의 참여와, 국민의 지혜를 모으고 집행하는 과정과 절차가 더욱 소중한 정당이 되겠다는 뜻에서 제3정당은 정당 혁명의 새로운 시대를 열어 나가는 전환점이 될 것이다.

당원과 국민이 제안하고, 당원과 국민이 결정하는 의사결정 시스템을 도입해야 한다

제3정당은 국민이나 당원 어느 누구든지 자유롭게 정책이나 정견 등을 제안하면 이러한 국민과 당원의 제안을 보고 듣는 것으로 끝나는 것이 아니라 모든 제안과

의견을 토론과 심의를 거쳐 당원과 국민이 최종 확정하는 의사결정 시스템을 도입하여 운영해야 할 것이다.

이러한 국민제안 시스템이 성공하기 위해서는 이를 지원하기 위한 운영지원단이 만들어져야 할 것이며, 이러한 과정을 거쳐 최종 결정된 정책과 정견은 반드시 당의 공식적인 정책과 정견으로 발표되고 실현되어질 것이다.

이와 같은 참여제안 시스템은 국민의 지혜를 모으고, 더 나아가 정책 수요자인 국민들의 생생한 요구를 담은 살아 있는 정책과 제안을 만들어 낼 수 있을 것이다. 당의 정책연구원에서 정책 몇 개 만들어서 선거 때 공약으로 발표하고 마는 하향식 정책 개발이 아니라 국민들의 참여와 국민들의 지혜를 모으는 새로운 참여제안 시스템이 제3정당에서 도입되어야 할 것이다.

즐겁고 재미있는 카페 같은 정당이 되어야 한다

모든 자발적인 참여는 즐겁고 재미있어야 한다. 그러기 위해서는 편하고 즐겁게 참여할 수 있는 커뮤니티 공간을 만들어 운영하는 정당이 되어야 한다. 그래서 정당이란 무거운 개념을 버려야 한다. 그래서 제3정당의 공식 홈페이지는 정당의 일방적인 정책과 강령을 알리는 홍보 중심의 구조가 아니라 즐겁고 재미있게 참여할 수 있는 커뮤니티 중심의 사이버 공간이 될 것이다.

또한, 실시간으로 토론하고, 참여할 수 있는 SNS 공간은 물론 모바일 어플리케이션으로 쉽게 접근할 수 있는 공간도 마련하고자 한다. 인터넷으로든, 집에서든, 모바일으로든 언제, 어디서 쉽게 접근하고, 재미있게 자신의 의견을 개진하고, 편하게 놀 수 있는 다양한 참여 공간을 만들고자 한다.

특히, 게임을 좋아하는 당원은 게임을 통해 사회적, 정치적 참여가 가능한 소셜게임을 개발하여 제공하고, 음악을 좋아하는 당원은 음악을 서로 공유하고 즐길 수 있는 음악카페 같은 커뮤니티를 제공할 것이다.

이러한 참여의 주체는 당연히 당원과 국민이고, 참여가 즐겁지만 공공의 가치를 창출하는 유익한 커뮤니티가 될 수 있도록 할 것이다. 그러므로 제3정당은 정당 같지 않은 카페 같은 정당을 만들겠다. 언제든지, 편안하게 들렀다가 나올 수 있는 그런 가벼운 정당이 될 것이다.

모두가 동등한 주권을 가진 1인 정당의 연합이 되어야 한다

조금 설명이 어려운 명제가 될 수 있겠다. 근본적으로 정당의 대표는 당원들이 선출하는 당대표가 아니라 당원으로 가입한 당원 한 명 한 명이 정당의 대표가 되는 것이다. 그러므로 새로운 제3정당은 1인 정당이 연합한 연합 정당이 되는 것이다.

이처럼 1인 정당론에 입각해서 정당을 바라보게 되면

당원과 당원, 그리고 당원과 집행부의 관계가 근본적으로 수평적 관계가 성립된다. 그래서 당원으로 가입하게 되면 1인 당대표가 되는 것이고, 당대표로서의 의무와 권한을 행사하게 된다. 집행부는 이 같은 1인 당대표의 권한을 집행하는 데 도와주는 도우미의 역할인 것이다.

특히, 스마트폰의 보급이 대중화되면서 이 같은 1인 정당론을 실현할 수 있는 기술적, 문화적 기반이 마련되었다. 그래서 제3정당은 1인 정당들이 모여서 연합하여 만든 연합 정당이므로 근본적으로 수평적 네트워크가 될 수밖에 없으며 상향식 의사결정 외에는 다른 의사결정 방식은 통용될 수가 없다. 스타 당원이 정치적 영향력은 강할지는 모르지만 그 당원 또한 의사결정 과정에서는 철저하게 1/n에 불과한 진짜 민주적인 정당이다.

그러므로 제3정당에서는 중앙당이라는 기구가 존재할 수가 없다. 중앙당 대신에 운영지원단이 대신할 것이며, 운영지원단의 상근자는 당비의 20% 이내에서만

두고, 나머지 비용은 모둔 운영과 사업비에만 지출해야
할 것이다.

이와 같은 슬림화된 정당 운영체계에 대하여 정당의
역할과 기능을 수행할 수 있을 것인가에 대하여 일부
에선 우려를 하고 있지만 당원과 국민들의 자발적인
참여와 열정, 그리고 집단 지성을 믿지 않는다면 애초
부터 새로운 제3정당은 시도하지 않는 것이 옳다는 생
각이다.

**당원 투표와 여론조사로 당론을 결정하는 정당이 되
어야 한다**

제3정당에서는 당 지도부가 당론을 일방적으로 결정
하고 따르라는 식이 아니라 철저하게 당원과 국민들의
의사를 물어 당론을 결정해야 한다. 그러므로 당원 투
표를 통한 당론 결정이 최고의 정치적 결정이 되어야
할 것이며, 사안이 가볍거나, 시간이 급박할 경우에는
전체 당원과 국민을 대상으로 여론조사를 실시하여 결

정하도록 한다.

이처럼 당원과 국민의 여론을 우선으로 당론을 결정하지 않으면 정당 활동은 당 지도부의 고유한 정치적 전유물에 불과할 뿐이다. 특히, 원내 활동의 경우가 그렇다. 의정 활동은 의원들만의 고유한 권한이 아니다. 국민과 당원의 의사를 반영하고 실현하는 역할이 바로 의정 활동의 핵심이지만 현실은 전혀 그렇지 않다.

새로운 정당에서는 반드시 당원 투표와 여론조사를 통해서 당론을 결정하는 상향식 민주주의가 정착되는 정당이 되어야 할 것이다.

커피 토크를 통해 숙의 민주주의를 실현하는 정당이 되어야 한다

제3정당은 주요 현안이나 정책을 결정할 경우에는 다수의 의사만으로 일방적으로 결정하지 않고, 충분한 토론과 정보 제공을 통해 숙의 민주주의가 실현될 수 있도록 할 것이다. 토론의 방식은 온라인 토론은 물론 언제, 어디서든 가볍게 차를 한잔 마시면서 토론할 수 있도록 토론방 어플리케이션을 개발, 제공하여 민주적이고, 공정한 토론이 이루어질 수 있도록 할 것이다.

제3정당은 언제든지 소수의 의견도 발언하고, 토론할 수 있는 기회와 공간을 제공할 것이며 토론의 결과를 기초로 한 실행 방안 또한 소수의 의견도 반영할 수 있도록 노력할 것이다.

지역 중심의 정당 활동이 아니라 주제, 이슈 부문을 중심으로 한 정당 활동이 되어야 한다

기존의 정당처럼 일방적으로 오프라인 조직 활동이나 지역위원회를 중심으로 하는 정당 활동에서 벗어나 이슈나 부문, 그리고 다양한 주제를 가진 조직 활동을 자율적으로 개설하고 운영하는 조직 운영이 되어야 할 것이다.

정당법상 공식적인 조직 체계인 중앙당과 시도당을 만들지만 이들 조직은 모두 운영지원단의 역할만 할 것이며 최소의 상근 인력만 두어 운영해야 할 것이다. 지역위원회의 개설은 선거 시기 6개월 이전에는 공식적으로 만들어지지만 선거 시기 이전에는 자발적으로 개설한 경우에 한해서 지역동호회라는 명칭으로만 활동하도록 해야 한다.

오프라인 중심의 조직 활동은 철저하게 자발적인 참여와 열정을 가진 당원들로 제한하고, 다양한 분야와 관심 주제를 가진 정당 활동이 권장되어야 한다고 생각한다. 이는 지역 중심의 정당 활동이 철저하게 대의민주주의에 기초한 조직 활동일 뿐만 아니라 당원이나 국민들의 다양한 민의를 담아낼 수 없는 구조적인 한계가 있기 때문이다.

그렇다고 지역이나 지역위원회 활동을 소홀히 하자는 것이 아니라 당원의 필요에 따라 지역 활동이 다른 어떤 모임이나 더 필요하다면 지역 활동을 중심으로 하

고, 지역 모임보다 다른 주제의 모임이 더 필요하다고
생각한다면 그 모임 활동을 열심히 하도록 선택할 수
있는 자율성을 위임하겠다는 것이다.

공직 후보 선출을 위한 새로운 제안

공직 후보 선출을 위해서는 후보의 자질, 그리고 후보
자가 제시한 정견과 정책에 대한 검증과 토론이 매우
중요하다. 그러기 위해서는 후보의 자질과 정책에 대한
검증을 위해 충분한 정보와 시간이 준비되어져야 한다.

그래서 슈퍼스타K처럼 전문가 패널에 의한 검증과 당
원과 국민이 참여하는 패널에 의한 검증을 통해 후보를
압축하고 선출하는 방법이 가장 좋은 방안이라고 생각
한다. 또한, 지역구 후보를 선출하는 경우에도 지역의
당원과 국민에게만 선출권을 주지 않고 모든 당원에게
도 선출권을 주어 지역 내 특정 후보의 자금과 조직력
에 의해 결정되는 후보 선출 과정을 방어할 수 있을 것
이다.

좀 더 효율적으로 접근한다면 지역 당원의 참여를 50%+전국 당원 50%식으로 결합한다면 지역 당원의 결정권도 존중하고, 전국 당원의 결정권도 존중받는 바람직한 선출 방안이 될 것으로 보인다. 특히, 대의민주주의에 기초한 법적 절차로 인해 지역 후보를 중심으로 선출하는 현재의 선거제도의 문제점을 극복하기 위해서는 지역 당원에게 지역 후보의 선출권을 주어서는 결코 안 될 것이다.

비례대표의 경우에는 모든 국민과 당원이 비례대표 후보를 출마할 수 있고, 배심원이나 당원 투표 등으로 선출하는 1차 또는 2차 예선을 거쳐 확정된 비례대표 후보들을 상대로 그들의 정책과 정견을 듣고, 국민과 당원들이 순위 투표를 하도록 한다.

제3정당론과
안철수의 선택

제3정당을 꿈꾸지 않는 안철수

지난 12월 1일, 안철수 교수는 기자간담회에서 "신당 창당과 총선 강남 출마설 등 이야기가 많은데 분명한 것은 전혀 그럴 생각도, 그럴 가능성도 없다."고 단호하게 입장을 밝혔다.

이 같은 안철수 교수의 발언에 대해 언론들은 안철수 신당 가능성은 백지화된 것은 물론이고 총선에도 출마하지 않을 가능성이 높은 쪽으로 분석했다. 일부 언론은 대선에도 불출마할 가능성도 높은 것으로 분석하는 추측성 보도도 있었다.

불과 며칠 전까지 안철수 교수의 멘토라고 불리워지는 법륜 스님은 일관되게 안철수 신당이 만들어져야 하고, 만들어질 수밖에 없다는 주장을 하고 있었다. 청춘 콘서트를 시작으로 함께해 왔던 안철수 그룹의 이견과 갈등으로까지 보여지는 현재의 상황만을 놓고 본다면 안철수 교수가 제3정당을 주도적으로 창당하거나 참여할 가능성은 전혀 없는 것도 사실이다.

일부 언론에선 친박연대와 같이 안철수 교수가 없는 안철수 신당을 창당할 가능성도 있다는 추측성 분석도 있지만 실제 안철수 신당을 주도할 주체와 리더가 뚜렷하게 보이지 않고 있다는 점에서 이 가능성도 현실성이 별로 없어 보인다.

그렇다면 왜 안철수 교수는 제3정당을 꿈꾸지 않을까에 대해서 고민해 봤다. 그 이유를 두 가지 정도에서 찾을 수 있었다. 첫째는, 제3정당론에 대한 철학의 부재를 들 수가 있다. 자신이 정당을 창당할 만큼 확고한 정치적 신념과 비전이 부족한 상태에서 이 모든 짐을 지고 가는 데에 대한 정치적, 심리적 부담이 매우 클 수 있다고 생각한다.

두 번째는 대선에 출마하려는 의지가 매우 강하다는 사실을 추측해 볼 수 있다. 왜냐하면 박원순 시장의 모델처럼 굳이 정당을 만들지 않고 무소속 전략으로 야권 단일 후보가 되는 게 훨씬 유리하다는 점에서 무리수를 둘 필요가 없다는 점이다.

만약, 안철수 교수가 두 번째의 이유로 내년 총선을 피해 간다면 결국 안철수 교수 또한 엘리트 정치인의 한 명에 불과하다는 점을 입증하는 것이며, 안철수 신드롬은 멈추고 말 것이다. 개인적으로는 안철수 교수가 두 번째 이유는 전혀 고려하지 않고 있다고 본다.

안철수 교수는 한국 정치가 바뀌져야 한다고는 생각하고 있지만 구체적으로 어떻게 어떤 내용으로 바뀌져야 하고, 어떤 정치적 이념과 비전을 제시할 것인지에 대하여 준비가 되어 있지 않은 것 같다. 그래서 제3정

당을 창당하는데 안철수 교수 스스로가 마음이 내키지
않은 것 같다.

이 같은 안철수 교수의 신중한 태도와 선택은 바람직
하지만 지금의 형국은 본인의 의지와 무관하게 호랑이
등 위에 타고 종착지를 향해 달리고 있다. 내려서도 안
되고, 내릴 수도 없는 상황이 바로 지금 안철수 교수가
놓여 있는 시대적 상황이다.

국민은 1명의 안철수가 아니라 5천만 명의 안철수를 원한다

안철수 현상의 핵심은 새로운 정치, 새로운 정당, 새
로운 민주주의를 요구하고 있다는 사실이다. 이게 안철
수 현상의 본질이고, 결론이다. 이 같은 국민들의 요구
와 시대정신이 안철수라는 좋은 리더와 만나면서 안철
수 신드롬이 폭발하게 된 것이다.

안철수 교수가 스스로 시대와 국민이 요구하고 있는
미션 수행을 거부한다면 제2의 안철수, 제3의 안철수를

국민들은 찾아 나설 것이다. 시대와 국민이 요구하고 있는 미션의 핵심 내용은 바로 제3정당의 창당이기 때문이다.

안철수 교수가 신당과 총선 불출마 입장을 밝히던 날 내일신문이 여론조사전문기관인 (주)디오피니언에 의뢰해 실시한 12월 정례여론조사 결과를 보면 '정치를 하려면'이라는 전제 아래 안 원장이 총선에 출마해야 한다는 의견에 "동의한다."는 응답이 59.9%였고, "동의하지 않는다."는 응답은 34.7%였다.

또 '안철수 신드롬'이 기존 정치에 대한 불신에서 비롯된 일시적인 현상이라는 지적도 피해 갔다. "기존 정당이 잘하면 안 원장 지지율이 떨어질 것"이라는 의견에 동의하는 응답은 35.2%였지만, "새정치 요구가 분출된 만큼 기존 정당이 잘해도 지지율이 유지될 것"이라는 응답은 55.3%로 20.1%p 높았다.

이처럼 국민들은 안철수 교수가 총선에 참여하기를 바란다는 사실과 함께 안철수 신드롬이 일시적인 현상

이 아니라 새로운 정치에 대한 욕구가 매우 높다는 국
민적 요구에 근거하고 있다는 점에서 국민들은 1명의
안철수가 아니라 5천만 명의 깨어 있는 안철수가 모여
서, 조직하고, 연대하기를 절실히 바라고 있다.

제3정당론은 국민이 요구하고 있는 참여 민주주의를
실현한 가장 구체적인 정치적 대안이라는 점에서 언젠
가 실현되고, 도전해야 할 정치적 과제인 것이다. 다시
말해 대한민국의 정치혁명을 위해서는 반드시 정당 혁
명이 먼저 일어날 수밖에 없는 것이다.

의회권력과 기득권을 깨지 않고서는 대한민국의 정치
개혁은 단 한 발자국도 전진할 수 없다. 오죽했으면 노
무현 전 대통령이 믿을 수 있는 건 깨어 있는 시민들의
조직된 힘이라고까지 말했겠는가.

안철수 교수가 기존 정당에 수혈되지 않고 제3정당을
창당하는 그 자체만으로도 국민의 요구를 모두 수용해
준 것이다. 나머지는 국민들의 몫이며, 국민들을 믿고
소통만 하면 된다.

또한, 안철수 교수가 아니더라도 제2의 안철수가, 제3의 안철수가 제3정당을 도전하고 실천할 때이다. 그것은 우리 국민 모두가 떠안고 가야 할 고난의 십자가이기도 하다.

이제 희망의 길을 찾는다

국민참여당 창당을 준비하기 위해 최초로 고민하고자 모였던 모임에서 제가 주장했던 핵심적인 메시지는 단 두 가지였다. 하나는 2008년 촛불 항쟁에서 보여 주었던 '집단 지성'을 믿고 '백지 정당'을 만들자는 것이었다.

이런 저의 주장에 누군가는 집권을 목표로 하는 정당에서 백지 정당이란 것은 있을 수 없다며 반박했다. 이런 반론을 제기하고 있는 사람들은 정당이란 반드시 무슨 일을 할 것인지 선명한 깃발을 내걸어야만이 진정한 의미의 정당이란 것이다. 이념이면 이념, 정책이면 정

책 모두 선명하게 깃발을 내걸어야만이 그것이 정당의
존재 가치라는 것이다.

그렇다. 대의민주주의에서는 그럴 수 있다. 엘리트 민
주주의에서는 그럴 수 있다. 하지만, 시대가 바뀌었고,
바뀌어진 시대를 아직도 과거의 프레임에만 맞추어 놓
고 있다면 그들은 분명 낡은 민주주의, 낡은 가치관을
가진 사람들이다.

앨빈 토플러를 비롯한 수많은 미래학자들은 수십 년
전부터 정당의 역할이 축소되거나 사라질 것이라고 예
측했지만 현실은 여전히 정당정치의 영향력 아래에 있
다. 정말 정당정치는 인류가 피해 갈 수 없는 영원한 민
주주의 정치체제일까? 위임된 엘리트들만이 효율적이
고, 민주적으로 정책을 결정하고 조정할 수 있을까?

그렇지 않다. 정말 그렇지 않다. 참여 민주주의는 선언
이나 깃발로 만들어진 것도 아니고, 정치 지도자가 통치
를 위해 만들어 낸 민주주의 이념도 아니다. 자연발생
적인 국민들의 참여 의지와 열정이 만들어 낸 민주주의

제도이며, 이념이다. 그리고 국민들은 자발적이고, 수평적인 네트워크를 만들어, 협력하면서 대안을 마련하고, 실행을 모색하는 새로운 지성을 창조해 냈다.

새로운 민주주의를 실현할 수 있는 국민들의 역량을 보여 주었고, 이제 그들은 참여 민주주의를 가로막고 있는 낡은 정당정치 체제를 바꾸기 위해 역사의 전면에 나섰다.

이제 희망이 보인다. 그 희망이 정당 혁명을 넘어 참여 민주주의 시대로 나아갈 것이라고 믿어 의심치 않는다.

앞으로 다가올 새로운 세상에서 권력을 국민에게 돌려주기 위한 참여 민주주의 제도에 대한 몇 가지 어젠다를 정리해 보았다. 어젠다가 실현되는 그날을 꿈꾸며 이만 글을 마칠까 한다.

첫째, 일정 요건을 갖추면 헌법 개정안이나 법률안에 대하여 국민이 직접 입법 발의를 할 수 있도록 국민발

안제를 도입한다.

둘째, 대통령과 국회의원 등의 선출직은 물론 임명직 고위공직자에 대한 국민소환제를 도입하여 언제든지 파면시킬 수 있는 국민소환제를 도입한다.

셋째, 헌법에 보장된 국민의 기본권을 침해하거나 심각한 영향을 줄 수 있는 정책에 국한하여 국민의 5% 이상이 서명 동의하면 자동으로 국민투표를 실시할 수 있도록 하는 국민발의 국민투표제를 확대 실시한다.

넷째, 여론조사형 국민투표제를 도입하여 국회가 대립하는 중요한 입법안이나 정책안에 대하여 국민의 의사를 묻도록 하여 결정하는 간접형 국민투표제를 실시한다. 여론조사의 방법은 통신사의 도움을 받아 유권자 연락처 DB를 구축하고, 사안의 경중에 따라 여론조사 샘플 수를 전체 유권자의 1%, 또는 10%를 대상으로 조사한다.

다섯째, 국회의 감사 업무, 중앙 부처와 지방자치단체

의 감사 부서를 없애고, 사법기관처럼 독립된 활동을
보장받는 국민참여 감사원을 만들어 행정부와 지자체
를 항시적으로 감시하고 견제한다.

　여섯째, 기소 독점의 검찰 권력을 견제하고 기소의 적
정성 여부를 판단할 수 있는 국민 참여로 구성되는 국
민참여기소위원회를 설치한다.

안철수 교수 정치 참여 관련 발언록

1. 서울시장 출마 관련 이데일리
단독 인터뷰 발언(2011. 9. 2)

─"잘할 수 있다는 확신이 중요해요. 사회가 필요로 하는 일을 하는 것도 중요하지만 제가 잘할 수 있는가도 중요한 기준입니다."

─"아무리 높은 자리라도 혼자 들어가서 아무것도 바꾸지 못하고 나오면 그거야말로 인생 낭비라고 생각합니다."

─"정치가 바뀌려면 같은 생각을 가진 수많은 사람들이 움직여야 하는데 좋은 생각을 가진 사람들은 많지만 모두 생활인들이어서 직업 등 모든 걸 버리고 갈 수 있는 사람은 적다고 봅니다. 가능성이 희박합니다."

─"세상은 언제나 흐름이 있고 바뀌게 되어 있습니다. 시기의 차이일 뿐. 그 과정에서 가장 앞에 있는 사람이 영웅이 되는 것이지 영웅이 세상을 바꾸는 것은 아닙니다. 그 과정에서 어떤 역할이든 하겠다는 것. 지금 하고 있는 청춘콘서트도 같은 맥락입니다."

—"지식인이라면 손해를 감수하더라도 비판해야 합니다. 대안 없는 비판을 하지 말라는 얘기는 비열한 논리입니다."

—"시민은 자유롭게 비판하고 시민이 월급을 주는 공무원과 정치권이 대안을 마련하면 되는 것입니다."

—"사회에 대한 부채의식이 나를 움직이게 합니다. 사회에 대한 부채의식은 어릴 때부터 책을 읽으면서 생겼는데 문명의 혜택을 받았기 때문에 작은 역할이라도 사회에서 맡고 싶었습니다."

2. 서울시장 출마 관련 MBC '시사매거진2580' 단독 인터뷰 발언(2011. 9. 4)

—"내가 이야기하는 것은 양당구조의 문제점입니다. '한쪽은 희망이 없고 이쪽도 대안은 아니다' 고 했는데 그렇게 흘러간 듯 보입니다."

—"분명한 것은 한나라당은 아닙니다. 현재 우리나라 국민정서상 한나라당은 아니라고 확실히 말하고 있습니다."

—"야권 통합에 대해서는 정리가 안 되었습니다. 이는 굉장히 이상적인 것입니다. 그러나 (서울시장 출마 가능성 소식을) 치밀한 전략 하에서 내가 발표한 게 아닙니다. 그래서 지금 황망합니다."

—"국회의원은 혼자서 무엇을 할 수가 없습니다. 서울시장은 혼자서 할 수 있는 것이 많습니다. 그런 의미에서 고민이 시작되었습니다."

—"내게 맞는 일인지는 통상적으로 떠오르는 시장의 이미지와 내 모습이 안 맞습니다. 그래서 고민이 됩니다."

3. 서울시장 후보 관련 박원순 변호사에게 양보하는 자리에서 인터뷰 발언(2011. 9. 6)

—"박 변호사가 우리 사회를 위해 헌신하면서 시민사회운동의 새로운 꽃을 피운 분으로 서울시장직을 누구보다 잘 수행할 분입니다."

—"서울시장 출마에 대한 여러분의 성원은 온전히 저를 향한 것이 아니라 우리 사회 리더십에 대한 열망이 저에게 투영된 것 같습니다."

4. 안철수 원장이 무소속 박원순 서울시장 후보를 지지하는 편지 전문(2011. 10. 24)

1955년 12월 1일, 목요일이었습니다.

미국 앨라배마 주의 '로자 파크스' 라는 한 흑인 여성이 퇴근길 버스에 올랐습니다. 잠시 후 비좁은 버스에 백인 승객이 오르자 버스 기사는 그녀에게 자리를 양보할 것을 지시했습니다.

그녀는 이를 거부했고 체포돼 재판에 넘겨졌습니다. 하지만 이 작은 움직임은 많은 사람들의 공감을 불러일으켰고 미국 흑인 인권운동에 큰 전환점이 됐습니다.

흑인에게 법적 참정권이 주어진 것은 1870년이었지만, 흑인이 백인과 함께 버스를 타는 데는 그로부터 85년이 더 필요했고, 그 변화를 이끌어 낸 힘은 바로 작은 '행동' 이었습니다.

후에 그녀는 이렇게 말합니다.

"내게는 여느 날과 똑같은 날이었지만 수많은 대중들의 참여가 그날의 의미를 바꿔 놓았습니다."

'선거' 는 바로 이런 '참여' 의 상징입니다. 저는 지금 우리가 새로운 시대를 열어 가는 변화의 출발점에 서 있다고 생각합니다. 그래서 이번 시장선거는 부자 대 서민, 노인 대 젊은이, 강남과 강북의 대결이 아니고, 보수 대 진보의 대립은 더더욱 아니어야 한다고 생각합니다.

저는 이번 선거만은 이념과 정파의 벽을 넘어 누가 대립이 아닌 화합을 이끌어 낼 수 있는지, 누구의 말이 진실한지, 또 누가 '과거가 아닌 미래를 말하고 있는지'를 묻는 선거여야 한다고 생각합니다.

그래서 저는 55년 전의 흑인 여성 '로자 파크스' 처럼, 우리가 '그날의 의미를 바꿔 놓는' 행동에 나서야 한다고 생각합니다. 선거 참여야말로 시민이 주인이 되는 길이며, 원칙이 편법과 특권을 이기는 길이며, 상식이 비상식을 이기는 길이라고 생각합니다.

저 역시 천만 시민의 한 사람으로서 당연히 제 한 표의 권리를 행사할 것이고 이른 아침 투표장에 나갈 것입니다. 여러분도 저와 함께해 주시기를 간곡하게 청합니다.

감사합니다.

5. 안철수 원장이 무소속 박원순 서울시장 후보를
지지차 방문 중 인터뷰 발언(2011. 10. 24)

―"멀리서나마 계속 성원하고 있었고 오늘은 응원 차 방문했습니다. 제가 항상 예전부터 생각해 왔던 상식을 기반으로 하고 미래를 누구나 꿈꿀 수 있고 자부심을 느낄 수 있는 사회가 됐으면 좋겠다, 그런 생각들이 변화가 없기 때문에, 그런 판단 기준으로 선택하실 시민들의 생각을 믿습니다."

6. 서울시장 선거 직후 언론과의 인터뷰 발언
(2011. 10. 27)

― "박 시장님께 축하드리고 싶습니다. 사실 시민 입장에서 승자 패자가 어디 있겠습니까. 바램이 있다면 지지자뿐만 아니라 지지하지 않는 사람의 마음도 잘 헤아리는 그런 시장이 되었으면 합니다."

― "저는 항상 중요하게 생각하는 것 중의 하나가 가끔 자신이 가진 생각과 다른 세상 모든 사람을 적으로 돌리는 것은 우리 모두 경계해야 한다고 생각합니다. 그게 상식적인 생각이라고 생각합니다. 상식과 비상식 간에 대결에 시민들이 상식의 손을 들어준 것이라고 생각합니다."